Im Süden

Hagen Behring

Im Süden

Erzählungen

*Bibliografische Information der Deutschen National-
bibliothek:*
*Die Deutsche Nationalbibliothek verzeichnet diese
Publikation in der Deutschen Nationalbibliografie;
detaillierte bibliografische Daten sind im Internet
über http://dnb.dnb.de abrufbar.*

Cover: Bergdorf in Tunesien (1999)

*Herstellung und Verlag: BoD – Books on Demand,
Norderstedt*

ISBN: 978-3-7392-2383-4

Inhalt

Im Süden

Auf dem Weg zum Haus seiner Eltern fragte uns Mohammed, woher wir kamen, wie alt wir waren und was wir auf unserer Rundreise durch Tunesien schon gesehen hatten.

„Ich bin zwanzig und habe Bekannte in Sousse. Vorher war ich schon in Tunis, Karthargo und einigen anderen Orten im Norden Tunesiens, jetzt möchte ich den Süden kennenlernen und bin daher zu einer Rundreise aufgebrochen."

Bernd war vierundzwanzig und zum ersten Mal hier: „Wir haben uns in einem Hotel für *Traveller* kennengelernt und reisen seitdem zusammen."

Wir waren erst spät in dem kleinen Wüstenort angekommen, hier in den Bergen an der Grenze zu Algerien. Das Sammeltaxi hielt an einem zentralen Ort gegenüber der Polizeistation. Sofort waren wir von Einheimischen umringt. Wir waren vor ein paar Stunden in der Karavanenstadt *Touzeur* aufgebrochen und wollten eigentlich abends wieder zurückkehren. Nun sah es so aus, als wenn wir die Nacht hier verbringen müssen. An diesem Ort gab es nichts außer Phosphat-Abbau, daher riefen unsere Fragen nach einem Hotel allgemeine Erheiterung hervor.

Als Mohammed uns ansprach, waren wir erst ein wenig mißtrauisch. Doch mangels Alternativen nahmen wir sein Angebot an, bei ihm zu übernachten. Er stand die ganze Zeit etwas abseits und hat die Szenerie beobachtet. Wir haben wild gestikulierend versucht uns verständlich zu machen und unsere Verzweifelung muß deutlich spürbar gewesen sein. Ich war dankbar für Bernds Französischkenntnisse und noch mehr für Mohammeds großzügige Einladung. Ein echtes Beispiel orientalischer Gastfreundschaft. Leider sprach er nur Französisch und meine Kenntnisse waren sehr bescheiden.

Uns erwartete eine arabische Großfamilie. Die Mutter sprach fließend englisch und die beiden Schwestern ebenfalls. Sie zeigten uns Photos von ihren Brüdern, bärtige junge Männer in weiten Gewändern.

„Eine Bande von Wüstenräubern", merkte Bernd spöttisch an. Der Vater (oder der Großvater?) war schon sehr alt. Mohammed suchte immer meine Nähe und streichelte mir manchmal den Rücken, wenn es niemand sah. Wahrscheinlich war es hier schwer für so einen Jungen, eine Freundin zu haben, bei den rigiden Moralvorstellungen im Islam. Trotzdem dachte ich mir nicht viel dabei, er hatte eben ein besonderes Nähebedürfnis und wird es nicht wirklich ernst meinen. Schon bei meiner Gastfamilie in Sousse hatte ich ein ähnliches Erlebnis. *„Peter, do you want to sleep with boy?"*, hatte mich die Gastmutter gefragt und auf mein Zögern selbst die Antwort gegeben: *„No? Ok, alone."* Ihr Sohn, der interessiert zugehört hatte, wirkte enttäuscht. Ich war mir nicht sicher, ob dieses Angebot ernst gemeint war aber beschloß, nicht weiter nachzuforschen. Möglich war allerdings auch, dass ich Mohammeds Verhalten grundsätzlich zuviel Bedeutung beimaß. Körperliche Berührungen zwischen Männern gehen in südlichen Ländern sehr viel weiter als bei uns und sind in der Regel nicht mehr als eine ganz normale Sympathiebekundung.

„Ich bin das zweite Mal in Tunesien", erzählte ich „Das erste Mal war es eine organisierte Reise, so ein Austauschprogramm. Wir waren in Gastfamilien untergebracht, in der Hafenstadt Sousse. Jetzt besuche ich meine Gastfamilie."

Es gab *couscous*, ein traditionelles Hirsegericht, das mit den verschiedensten Zutaten serviert wurde. Wir saßen auf dem Boden, der mit Teppichen und Matten bedeckt war, und aßen mit den Händen.

Am nächsten Tag fuhren wir nach *Tamerza*, einer Oase in den Bergen. Die Fahrt im Sammeltaxi kostete einen Dinar pro Person, wir zahlten für Mohammed mit. Er saß im Taxi, das eher einem Pritschenwagen glich, zwischen Bernd und mir. Uns gegenüber saß ein junges Paar, die Frau mit Kopftuch.

Mein Blick irritierte sie offensichtlich, also schaute ich mir die Landschaft an. Die staubige Straße führte in Serpentinen durch Geröllfelder und Mondlandschaften, die durch den Tagebau entstanden sind. In dieser Gegend wird Phosphat abgebaut. Mohammed war wieder sehr anhänglich und legte seinen Kopf an meine Schulter. Ich ließ ihn gewähren. In den nächsten Tagen würde ich mir jedoch überlegen, wie ich weiter mit ihm umgehe. So beschloß ich. Keinesfalls wollte ich Mißverständnisse heraufbeschwören oder gar falsche Hoffnungen wecken.

Inzwischen war ich mir sicher, dass seine Berührungen mehr sind als landesübliche Sympathiebekundungen, die auf uns Nordeuropäer immer so irritierend wirken. Wir haben zu dritt in dem Raum übernachtet, in dem wir auch zu abend gegessen hatten. Mohammed bestand darauf, dass ich neben ihm liege: „*This is your place.*"

Beim Einschlafen spürte ich etwas an meinem Kopf. Es war seine Hand. Sie lag regungslos unter meiner Wange, nachdem ich mich herumgedreht hatte und ihm gegenüberlag. Ich lag ruhig und wartete ab, aber es passierte nichts. Wie um Gewißheit zu bekommen, streckte ich vorsichtig meine Hand aus und strich über seinen Kopf, danach über seine Wangen. Er ließ sich alles gefallen und ich legte meine Finger auf seine Lippen.

Ich mußte mir nun eingestehen, wie sehr mir seine Zuneigung gefiel. Es war eine Seite an mir, die ich bisher nicht bemerkt oder verdrängt hatte und die mir auch ein bißchen Angst machte. Mohammed brachte sie offensichtlich zum Schwingen. Leise und vorsichtig rückte ich an ihn heran und merke, wie er mir sanft um die Hüften faßte. Ein Schauer durchfuhr mich. Ich drehte mich auf den Rücken und wir lagen nun Seite an Seite, er zog mich ganz dicht zu sich heran. Mein Kopf lag neben seinem und ich spürte seinen warmen Atem an meiner Wange. Als er mit seiner Zunge in meiner Ohrmuschel spielte und mir daraufhin einen Kuß gab, war die Sache zwischen uns klar.

Oben angekommen, fanden wir einen noch kleineren Ort vor, als der aus dem wir gekommen waren. Statt einer tristen Bergarbeiter-Siedlung war dies eine wahre Oase der Ruhe. Die Oase *Tamerza* bestand vorwiegend aus Dattelpalmen und weiß getünchten oder lehmfarbenen kleinen Häusern. Es gab auch eine Herberge und ich erwog, hier mit Mohammed eine Nacht zu verbringen. Nur zu Zweit, er und ich. Wir würden völlig ungestört sein.

Zu Fuß erkundeten wir die Umgebung. Wie schön, dass es solche Orte abseits der Touristenpfade gab! Überall Dattelpalmen (ist dies eine Monokultur?) und steile Abhänge. Es rauschten mehrere Wasserfälle, die man an gegenüberliegenden Felswänden sehen konnte. Mohammed ging neben mir und Bernd ein paar Meter vor uns. Er hatte seine Kamera dabei und würde bestimmt tolle Photos machen von diesem wunderbaren Ort.

Als Mohammed meine Hand nahm, ließ ich es mir gerne gefallen. Ich genoss einfach nur die Schönheit und den Zauber dieses Ortes. Meine einzige Sorge war immer, dass jemand anders, etwa Bernd, etwas mitbekommen könnte. Ahnte seine Mutter etwas? Ich war mir fast sicher, aber konnte eine arabische Mutter so tolerant sein? Wie tolerant waren eigentlich seine Freunde und Bekannten, die anderen Dorfbewohner? Aber konnte ich überhaupt noch zurück? Ich habe seine Zärtlichkeiten erwidert und er machte sich nun mit Recht Hoffnungen. Ich beruhigte mich mit dem Gedanken, dass es so ernst nicht werden würde. *In ein paar Tagen reisen wir ab und er wird mich dann irgendwann vergessen.*

Mohammed war Friseurlehrling und lebte seit seiner Geburt in *Redeieff*, sein Vater hatte wahrscheinlich etwas mit dem Phosphatabbau zu tun. Aber das wusste ich nicht so genau. Er hatte eine sehr dunkle, ins Schwarze übergehende Hautfarbe, was hier im Süden typisch ist. Im Gegensatz zum mediterranen Einschlag der Menschen im Norden spürt man hier das afrikanische, den Einfluß der Wüste. Sein Alter schätzte ich auf 17 oder 18, aber vielleicht wirkte er älter als er war. Die Menschen des Südens haben scharf geschnittene Gesichtszüge und schmale, längliche Nasen.

Er hielt meine Hand sehr fest, aber nicht so, dass es unangenehm war. Ein Junge, der wusste was er will, aber dennoch nicht zu sehr besitzergreifend war. Seine Gestalt war schlank und drahtig. Schwarze, dichte Locken geben seinem schmalen Gesicht etwas

Sanftmütiges. Nein, er war nicht das, was man spontan als einen hübschen Jungen bezeichnen würde. Aus irgendwelchen Gründen fühle ich mich dennoch zu ihm hingezogen, und beschloss, die Dinge einfach so zu nehmen wie sie kommen würden. Hatte er eine echte Neigung zu mir gefaßt oder sind seine Avancen eine Ersatzhandlung, in Ermangelung einer Partnerin? Wie gerne würde ich ihn alles mögliche fragen, aber eine schwer überwindliche Sprachbarriere stand zwischen uns. Die einzige Möglichkeit, uns dennoch näher zu kommen, war mein mangelhaftes Französisch.

Tags darauf reiste Bernd ab, um die Insel Djerba zu besuchen. Er hatte nur noch eine Woche Zeit und wollte dann wieder nach Deutschland fliegen. Mohammeds Mutter hat mich gefragt, ob ich noch bleiben wollte. Am Sammeltaxi-Stand verabschiede ich mich von Bernd, wir hatten vorher unsere Adressen ausgetauscht und verabredet, in Kontakt zu bleiben. Ob er von den wahren Gründen meines Bleibens etwas ahnte? Gefragt hatte er nicht und viel gab es hier nicht, was einen längeren Aufenthalt lohnenswert erscheinen läßt. Und dieses wenige hatten wir gesehen.

„Mach's gut und melde Dich mal!"

„Tschüs und noch eine gute Reise!"

Das Taxi fuhr ab und wir sahen noch der Staubwolke nach, die immer kleiner wurde. Mohammed stand wieder ganz nah bei mir und hatte seine Hände an meinen Hüften. Mir war das etwas unangenehm, weil viele Männer um uns herumstanden. Wie würden sie reagieren? Ahnten sie etwas oder wussten sie es sogar? In so einem kleinen Ort war alles denkbar. Aber im Grunde konnte mir das auch egal sein. *Ich reise irgendwann wieder ab und Mohammed wird schon wissen, was er tut.* Seine Mutter ahnte bestimmt etwas. Ihr verschmitzter Blick als ich mein Bleiben zugesagt hatte… *Ich werde mich einmal mit ihr unterhalten, sie spricht sehr gut englisch.*

Aber erst einmal freute ich mich auf die nächsten Tage und war sehr neugierig, was passieren würde. Dabei überließ ich Mohammed gerne die Initiative. *Mal sehen, vielleicht reisen wir gemeinsam noch ein paar Wochen durch das Land.* Auf diese Weltgegend war ich sehr neugierig. Über die Sahelzone hatte ich schon einiges im Erdkundeunterricht gehört und würde auch gerne die Nachbarländer besuchen. Mohammed kniff mir sanft in die Seite oberhalb des Hüftknochens: das Signal zum Aufbruch.

Auf dem Rückweg plante ich die nächsten Tage; wir redeten nicht viel aber auch das sollte sich ändern. Andererseits: Musste es das? *Es hat auch seine Vorteile, wenn meine Wüstenliebschaft nicht soviel über mich weiß.* Meine Adresse hatte ich ihm noch nicht gegeben und vielleicht sollte ich das auch besser lassen. Ich musste bei Sinnen bleiben, bloß nicht den Kopf verlieren. Immerhin war das hier ein Abenteuer und keine richtige Beziehung. Die konnte ich sowieso nur mit einer Frau haben. Andererseits… Schon manche meiner Grundsätze hatten sich in den letzten Tagen als brüchig erwiesen.

Mohammed hatte den Arm um meine Schultern gelegt und ich fasste ihm nun um die Hüften, zog ihn fest an mich. Wie ein schwules Pärchen, dachte ich. Ein Mann und eine Frau kamen uns entgegen, sie lächelten uns an. Ich lächelte zurück und es war mir überhaupt nicht peinlich.

Die Mutter empfing uns überschwenglich freundlich. Es gab gleich Mittagessen. Sie hatte noch in der Küche zu tun und wir folgten ihr dorthin. Mohammed setzte sich an den Küchentisch und tätschelte mit der flachen Hand seinen Oberschenkel; eine Geste, die sehr eindeutig war.

Ich schaute zu seiner Mutter hinüber und sie lächelte. Dies als Zustimmung wertend, setzte ich mich auf seinen Schoß and legte meinen rechten Arm um seine Schultern. Ich konnte kaum glauben, dass ich diese Situation als völlig normal empfand. Ich saß auf dem Schoß meines Geliebten und würde mit seiner Mutter über unsere gemeinsame Zukunft plaudern. Was war in den letzten Tagen mit mir passiert? Liebster, was hast Du mit mir gemacht?

„Is it normal for me to have a boyfriend, in your culture?", eröffnete ich das Gespräch. Mohammed streichelte meinen Oberarm.

„In arab culture it is not normal, but in Tunesia we are very tolerant."

„We walked back to here like a couple and people smiled."

„You see, we are tolerant."

Mohammeds Hand glitt von meinem Oberarm auf den Schenkel, nah bei meinem Geschlecht.

„Je t'aime", flüsterte er.

Ich streichelte ihm über den Kopf: *„Et moi, je t'aime aussi."* Dafür reichte mein Französisch eben gerade.

Seine Mutter schaute uns an, als ob ihr Sohn seine Freundin mitgebracht hätte, die zum Essen blieb und mit ihm übernachten würde.

„You are also very tolerant."

„My son is so happy, you are good for him."

„Did he ever have a girlfriend?"

„I don't know, you should ask himself."

„Tu aime des filles aussi?", fragte ich möglichst beiläufig und streiche ihm dabei über den Rücken.

„Seullement toi!", war seine Antwort und er gab mir einen Kuß. Ich beschloss, dieses Thema auf sich beruhen zu lassen. Zum Essen (es gab natürlich *couscous*, diesmal mit Fisch) waren nur seine beiden Schwestern gekommen. Sie tuschelten auf arabisch (oder berberisch?) und kicherten.

Ja, ich war etwas nervös. Und freudig erregt zugleich. Unsere erste gemeinsame Nacht stand bevor. Damit meinte ich die erste Nacht, in der wir nur zu zweit waren und keine anderen Personen im Zimmer. Wir saßen im Wohn- und Eßzimmer, das zugleich unser Schlafzimmer war, und aßen zu abend.

Sonst hatten wir uns immer in Klamotten hingelegt, doch dieses Mal wollte ich es anders. Ich knöpfte meine Hose auf und schaute ihn auffordernd an. Er verstand. Und im Nu waren wir bis auf die Unterhosen ausgezogen. So legten wir uns nieder. Die vielen Decken bildeten ein Durcheinander. Es war noch sehr warm, die Wüstennacht würde erst später kalt werden.

Wir lagen schweigend aber aufmerksam auf der Matraze und erkundeten unsere Körper. Seine Brust war unbehaart, ich strich mit dem Zeigefinger sein Brustbein entlang nach unten. Wie von selbst wanderte der Finger wieder nach oben und umkreise seine rechte Brustwarze.

Mohammed lag vor mir auf dem Rücken und schien mit allem einverstanden zu sein, was ich mit ihm machte. Sonderbar, bisher hatte er den aktiven „männlichen" Part übernommen. Nun schien er jedoch beschlossen zu haben, sich von mir verwöhnen zu lassen. Diesen Gefallen tat ich ihm gerne. Ich rutschte ganz dicht an ihn heran und rieb mit meinem Oberschenkel über sein Geschlecht, es wich elastisch aus und kehrte dann in seine Position zurück. Wir atmeten beide schwer. „*Tu est tres bel*", sagte ich und bedeckte seinen Körper mit Küssen.

Am nächsten Tag reiste ich weiter.

Rüpel-Radler

Es ist ein schöner Sommernachmittag und ich gehe spazieren. Hier in meinem Viertel. Ich sage immer *mein Viertel*, denn ich bin hier geboren und aufgewachsen. Links die Kirche mit dem Kindergarten. Meine alte Schule gibt es nicht mehr. Die Vögel zwitschern und ich bin guter Dinge. Wie immer diesen Sommer habe ich meinen Regenschirm dabei. Ständig sind Wolken am Himmel. Nein, sie verdunkeln die Sonne nicht. Aber es sieht so aus, als wenn es jederzeit regnen könnte. Und meinen Panama-Hut, der mir ein echtes Markenzeichen geworden ist, den will ich nicht ruinieren. *Gehe ich heute noch zu Edgar in die Kneipe?* Ich bin mir unschlüssig. Wie alle Verrichtungen in meinem Leben, will auch ein Kneipenbesuch wohl überlegt sein. Ich gehe zweimal die Woche.

Neben der Kirche geht eine Seitenstraße zum See hin, ich biege ein. Vor mir schwebt eine Libelle. Da sehe ich den Radfahrer.

Der Mann fährt direkt auf mich zu. Auf seinem Mountain-Bike wirkt er sehr bedrohlich. Ist wohl auch Absicht. Dunkle Klamotten, obwohl es Hochsommer ist. Kahlgeschorener Schädel. Tätowierungen. Sonnenbrille.

Mit einer knappen Kopfbewegung bedeutet er mir, zur Seite zu gehen. Doch ich bleibe stehen. Meine Knie zittern ein wenig.

Er fährt weiter auf mich zu und schaut demonstrativ zur Seite. Aber ich werde nicht weichen. Das habe ich mit mir ausgemacht. Mein Regenschirm, den ich in der linken Hand halte, bewegt sich in Richtung des Radfahrers. Die Spitze in Höhe seines Kopfes. Ich halte ihn vor mich wie eine Lanze. *Wenn er da reinfährt, ist er selber schuld.*

Sein Kopf ist immer noch zur Seite gedreht, aber er schaut aus den Augenwinkeln in meine Richtung. Da sieht er die Regenschirmspitze wenige Zentimeter vor seinem Gesicht. Abruptes Bremsen. Mit aufgerissenem Mund starrt er mich an.

„Hier ist ein Fußweg", erkläre ich.

„Hast du'n Arsch offen?" Er schaut mich blöde an. Solche Individuen haben gewöhnlich nicht viel im Kopf. Aber diese Respektlosigkeit empört mich. Dennoch versuche ich, ruhig zu bleiben. Man darf sich von dem Pöbel nicht auf dessen erbärmliches Niveau herabziehen lassen.

„Hier ist ein Fußweg", wiederhole ich und taste nach meinem Pfefferspray. „Ich werde nicht zur Seite gehen."

„Willste Ärger?"

„Wollen Sie mir drohen?", erwidere ich mit metallischer Stimme. „Ich kann auch die Polizei holen."

Auf der gegenüberliegenden Straßenseite ist ein älteres Paar stehengeblieben und beobachtet das Geschehen. Mit einem tätlichen Angriff von Seiten des Halbaffen ist daher kaum zu rechnen. Zur Sicherheit nehme ich das Pfefferspray aus dem Gürtelholster.

Als ich meinen Blick von dem älteren Paar wieder nach vorne richte, sehe ich eine dunkle Masse an mir vorbeigleiten. Er hat wohl begriffen, dass er nicht gewinnen kann. Befriedigt setze ich meinen Weg fort. Die unbefangene Heiterkeit ist jedoch weg. Es ist dunkel und kühl. Eine Wolkendecke hat sich vor die Sonne geschoben.

Frühstück am nächsten Morgen. Neun Uhr dreißig. Ich schlage den Lokalteil auf. *Brutaler Überfall auf Radfahrer*, steht da. In der Nacht zum Sonntag wurde ein Radfahrer umgestoßen, lese ich weiter. Es folgten mehrere Fußtritte gegen Kopf und Oberkörper. Die Kripo ermittelt nun wegen schwerer und gefährlicher Körperverletzung. Das Opfer ist nicht vernehmungsfähig. *Die Vorgeschichte erfahren wir natürlich nicht*, denke ich. Das Geschehen vom Vortag geht mir nochmal durch den Kopf. *Wahrscheinlich hat er den Angriff selber provoziert*, lautet meine Schlußfolgerung. Ich blättere weiter und nehme einen Schluck Tee. *Heute abend gehe ich in die Kneipe*, beschließe ich.

Den Vormittag verbringe ich lesend. Zwischendurch schreibe ich ein paar Zeilen an meinem Buch. Es will nie so recht vorangehen. Inzwischen habe ich dreiunddreißig Seiten vollgetippt und weiß immer noch nicht, wie es enden soll. Dabei wäre die eines Schriftstellers doch die ideale Existenz für mich. Man schreibt, wenn man eine kreative Phase hat und dann verkaufen sich die Bücher. Das ist etwas anderes als der Nachhilfe-Unterricht, den ich seit einiger Zeit gebe. Heute Nachmittag habe ich wieder meine Schülerin. Die wohnt nur ein paar Straßen weiter. Aber wenn ich durch die halbe Stadt fahren muss, das nervt dann schon. Unbewußt lasse ich meinen Atem durch die Zähne pfeifen.

Um sechzehn Uhr trete ich aus dem Reihenhaus, in dem meine Schülerin wohnt, wieder ins Freie. Die

Sonne scheint. Wir haben wie immer Mathe gepaukt und ihr Bruder, etwa elf Jahre alt, ist mehrmals in das Wohnzimmer gekommen und hat mich angelächelt. Er scheint mich zu mögen. Beschwingt und guter Dinge gehe ich nach Hause. Vor dem Kneipenbesuch muss ich noch einen Apfel essen, wegen der Ballaststoffe und des Pektins, und meine Zigaretten holen.

Es ist kurz nach halb fünf, als ich in das Dunkel der Kneipe trete. *Eigentlich ein Jammer bei dem schönen Wetter*, schießt es mir durch den Kopf. Aber feste Gewohnheiten sind wichtig in meinem Leben.

An der Theke herrscht gähnende Leere und auch an den Tischen sitzt niemand. Im Nebenraum läuft ein Fernseher. „Abend, Edgar!", sage ich laut und vernehmlich, obwohl es noch Nachmittag ist. „Abend, Arne", keucht der andere und bewegt sich in Richtung Theke.

„Na, wie läuft's?", fragt der Wirt, während er mein Bier zapft.

„Muss ja", sage ich müde.

„Ja, das muss es. Du gibst Nachhilfe, stimmt's?"

„Ja, das stimmt." Von meiner Schreiberei sage ich nichts. Am liebsten würde ich über das rüpelhafte Benehmen mancher Radfahrer sprechen. Ich weiß aber nicht, wie ich das Gespräch auf dieses Thema lenken soll.

„Ziemlich leer heute...", sage ich stattdessen.

„Ja, die sind alle in ihren Schrebergärten."

Edgar stellt das Bier vor mir hin. Das Glas ist außen beschlagen und in Vorfreude lege ich meine Hand um das kühle Blonde. Ich nehme ein paar Schlucke und stelle das halbleere Glas wieder auf die Theke.

„Sonntagnacht wurde ein Radfahrer umgeschmissen", sage ich beiläufig. „Hast du das auch gelesen?" Ich zünde mir eine Zigarette an.

„Ja, das steht in der Zeitung. Aber das war glaub' ich die Nacht *zum* Sonntag, als Samstagnacht."

„Stimmt." Ich blase meinen Rauch in die Thekenbeleuchtung. „Ganz schön schlimm. Aber wie sich die Radfahrer manchmal benehmen..."

„Hast ja Recht. Die sind wirklich unverschämt. Aber so was..." Er schüttelt den Kopf. „...das geht einfach nicht."

Ich finde schon, dass das geht und würde selber gerne mal auf diese Weise ausrasten. Aber ich wiege bedächtig den Kopf und erwidere: „Natürlich geht so was nicht. Aber *menschlich* kann ich das irgendwie verstehen. Wahrscheinlich ist der Radfahrer auf dem Fußweg gefahren. Die machen das ja immer so. Dann ist er dem anderen zu nahe gekommen oder hat ihn sogar angefahren. Der ist dann hinterher oder hat ihn gleich umgeschmissen. Vielleicht hat er auch vorher was getrunken. War ja Samstagabend. Das kommt dann alles zusammen."

Edgar nickt heftig. „Hast ja Recht, Arne. Die benehmen sich wie Sau. Aber drauftreten, wenn einer am Boden liegt – Nee!" Er schüttelt mit dem Kopf und sein ganzer Körper kommt in Bewegung. Wie alle Angehörigen der älteren Generation reagiert er auf dieses Verhalten mit völligem Unverständnis. *Ja, früher gab es noch einen Ehrenkodex.*

„Wenn die Polizei den erwischt, ist der dran", pflichte ich bei.

„Das ist er."

„Wenn sie ihn denn kriegen", sage ich leise in mein Glas hinein. Im Radio läuft ein Lied von Madonna.

Ich rauche eine Pfeife. Das mache ich gerne, wenn nachmittags die Sonne scheint. Auf dem Balkon. Ein gutes Buch und Pfeife rauchen. Das ist der Sommer.

In mir ist ein Entschluss gereift. Ich will etwas gegen diese Fahrrad-Rowdies unternehmen. Die Polizei ist machtlos und die Politik weigert sich, diese Herausforderung anzunehmen. Man will modern, hipp und fahrradfreundlich sein. Macht doch nichts, wenn ein paar Fußgänger umgemäht werden. Das sind Kollateralschäden. So oder so ähnlich denken die Politiker, da bin ich mir sicher. Alles Zyniker.

Die Frage ist nur: *Was* soll ich unternehmen? An die Polizei habe ich schon geschrieben. Mehr Kontrollen! Aber das wird nichts bringen. Die haben zu wenig Personal und pfeifen aus dem letzten Loch. Eine Petition an den Bundestag? Werde ich versuchen. Aber auch das wird nicht viel nutzen. Eine Partei gründen? Totaler Schwachsinn. Leserbriefe schreiben und im Internet posten, um die Öffentlichkeit wachzurütteln? Könnte funktionieren. Eine Bürgerwehr? Hebe ich mir für später auf. Gegengewalt? Erst recht.

Damit ist die Entscheidung gefallen: Ich werde Leserbriefe an die Lokalzeitung richten und eine Offensive im Netz beginnen. Morgen geht es los.

Ich ziehe an meiner Pfeife.

Ich gehe wieder spazieren und denke nach. Mein Leserbrief ist vor ein paar Tagen erschienen und hat eine lebhafte Diskussion ausgelöst. Ich habe eine allgemeine Kennzeichen- und Versicherungspflicht für

Fahrräder gefordert. *Immerhin erreichen diese Vehikel erhebliche Geschwindigkeiten und das nötige Verantwortungsbewusstein fehlt vielen Radfahrern.*

Die Sonne scheint und es weht ein warmer Wind. Auf der gegenüberliegenden Straßenseite fahren gleich drei Radfahrer auf dem Gehweg. Ein Hund läuft nebenher. *Diesen Leuten sind die Rechte anderer Menschen völlig egal*, empöre ich mich.

Am Glascontainer werfe ich eine leere Whiskyflasche ein.

Manche Probleme begleiten uns jahrelang, denke ich im Weitergehen. Die Leute gewöhnen sich daran und resignieren. Bis einer kommt und die Öffentlichkeit wachrüttelt. Wie ein Katalysator. Das Problem liegt in der Luft und nun kommt es endlich auf die Tagesordnung. Dank mir. Das ist meine Rolle.

Eine Leserin hat mir lebhaft beigepflichtet und zusätzlich drakonische Strafen gefordert: Beim ersten Verstoß zweihundert Euro, beim zweiten das Doppelte und beim dritten ein Strafverfahren. Dann wird es richtig teuer. Und wer nicht zahlen kann, kommt in den Knast.

Ein Teilnehmer, der sich *Quax* nennt, findet dagegen, dass ich maßlos übertreibe und obendrein die Tatsachen verdrehe. Ich sollte mich doch lieber mit dem Autoverkehr beschäftigen, den Umweltschäden und den vielen Toten.

Wieder andere versuchen zu vermitteln. Ja, es gebe Radfahrer, die sich nicht benehmen können. Aber das sei nur eine Minderheit. Die Mehrheit dagegen verhalte sich regeltreu, von kleineren Verstößen abgesehen.

Gibt es ein Recht auf Notwehr gegen aggressive Radfahrer? Dieses Frage taucht plötzlich aus den Tiefen meines Gedankenmeeres auf. Das ist ein Thema für einen weiteren Leserbrief. *Da geht dann richtig die Post ab*, denke ich und reibe mir innerlich die Hände.

Am abend bin ich wieder in meiner Stammkneipe. Das Gespräch dreht sich um meinen Leserbrief und die Diskussion, die sich entsponnen hat.

„Bei rechtswidrigen Angriffen besteht das Recht auf Notwehr", gebe ich zu bedenken. „Und Bedrängen und Bedrohen *sind* rechtswidrige Angriffe."

„Nun ja, man muss sich nicht umfahren lassen", sagt Helmut, der früher in der nahen Autofabrik gearbeitet hat. „Wehren darf man sich schon."

Friedrich, der Polizist, hebt beschwichtigend die Hand. „Haltet mal die Bälle flach! Den Notwehrparagraphen darf man nicht überstrapazieren. Da haben sich schon viele verrechnet."

„Aber auf Fußwegen haben Radfahrer grundsätzlich nichts verloren, oder?" wende ich ein.

„Das ist schon richtig. Aber wie ein Gericht entscheidet, so mit Notwehr, weiß man wirklich nie. Die können auch sagen: *Hättest ja ausweichen können.*"

„Wenn die sich so vorbeischlängeln", schaltet sich Mike in das Gespräch ein und macht eine schlängelnde Handbewegung, „dann habe ich nichts dagegen. Ich bin doch kein Paragraphenreiter. Aber wenn die mich anpöbeln, so von wegen *spring mal zur Seite Alter*, dann gibt's was auf die Glocke." Bei den letzten Sätzen wird er richtig laut.

Der Polizist wiegt duldsam den Kopf.

„Ich bin ja auch Radfahrer." Erwin, ein kurzgewachsener, stämmiger Mann mit Glatze, schaut über sein Bier hinweg in die Runde. „Aber wie sich manche benehmen, da schäme ich mich." Bei diesen Worten schüttelt es ihn durch. „Diesen Pennern würde ich am liebsten in die Fresse hauen. Das schlimme ist ja, dass alle Radfahrer darunter zu leiden haben."

Ich nicke leicht mit dem Kopf. „Stimmt. Mountainbikes sind für manche Leute ein echtes Feindbild geworden." Ich weiß, dass er ein Rennrad fährt.

Edgar stellt mir ein neues Bier hin. Das dritte. Ich merke, wie ich lockerer werde und mir die Worte leichter von den Lippen gehen.

„Die Sache ist ja nun die", sage ich, nachdem ich einen Schluck genommen habe. „Wir wissen alle, wie sich manche Radfahrer benehmen. Aber was kann man dagegen tun? Oder müssen wir das einfach ertragen?"

„Nein, das müssen wir nicht", sagt Edgar empört.

„Aber was tun?", insistiere ich.

Edgar atmet aus und lässt die Unterlippe flattern. „Das weiß ich doch nicht."

„Eine Kennzeichenpflicht würde einen unglaublichen Verwaltungsaufwand bedeuten", sagt Friedrich. „Aber ich bin für höhere Strafen. Das schreckt ab."

Ich bewundere ihn dafür, dass er auch nach etwa sechs Bieren das Wort *Verwaltungsaufwand* noch fehlerfrei aussprechen kann.

„Stimmt", nickt Erwin. „Höhere Strafen sind erstmal das einfachste. Und es muss mehr kontrolliert werden."

Friedrich grinst. „Gerne. Gib uns das Personal dafür."

„Ich zahl' Steuern."

„Wie? Ich dachte, du wärst Rentner."

„Ach, halt' doch die Fresse." Er macht eine wegwerfende Handbewegung.

Friedrich lacht und prostet ihm zu. Die beiden trinken gemeinsam ihr Bier aus.

„Zwei Schnaps. Für den Herrn und mich", gibt Erwin sich versöhnlich.

„Für jeden zwei?", fragt der Wirt.

„Du kriegst gleich auch eine."

Die ganze Thekenrunde lacht. Es ist halb neun, der größte Teil des Lokals liegt im Halbdunkel. Nur an der Theke ist es hell.

Donnerstag morgen. Ich bin auf dem Rückweg vom Einkaufszentrum in meinem Viertel. Es gibt bereits Pilze. Die kommen früh dieses Jahr. Ich schnaube vor Wut. Es bebt in mir. Den Plastikbeutel mit den Maronen schwenke ich unkontrolliert umher.

Da war dieser ältere Mann am Gemüsestand. Ich glaube, er hat sich vorgedrängelt. Aber ganz sicher bin ich nicht. Und dann war da eine noch ältere Frau.

Erst bin ich dran, hat die Frau gesagt, *und dann der junge Mann da.* Dabei hat sie auf mich gedeutet.

Nein, erst bin ich dran. Als ich gekommen bin, waren Sie noch nicht da und er auch nicht. Der Mann war gereizt und aggressiv. So was hört man.

Na, dann gehen Sie mal vor. Wir wollen Sie nicht aufregen. Eine freundliche alte Dame.

Ich rege mich nicht auf, ich passe nur auf.

So ist das weitergegangen, bis der Mann seine Porreestangen und Gemüsezwiebeln bezahlt hatte und endlich abgezogen war. Die alte Frau ist bewundernswert ruhig geblieben. Ich hätte anders reagiert. Die Entscheidung, mich komplett rauszuhalten, war deshalb richtig gewesen. Aber wie immer wühlt mich so etwas auf, obwohl ich gar nicht direkt beteiligt war.

Ich komme am Spielplatz vorbei. Er liegt verwaist da. Die Ferien sind vorbei. Und es wird Herbst. Auf der Bank sitzen zwei Männer und trinken Bier. *In meiner Jugend war dieses Viertel noch anders, idyllischer.* Aber andererseits: Warum sollen die hier kein Bier trinken? Solange sie nichts kaputt machen...

Zuhause angekommen, lege ich die Pilze auf den Küchentisch. *Wäre das nicht ein guter Anfang für eine Kurzgeschichte?* Der Gedanke kommt mir beim Schuhe ausziehen. Eine alltägliche Situation, die unvermittelt kippt. In einem Ratgeber für Autoren von Kurzgeschichten steht das genau so. Ich notiere den Gedanken in mein *Moleskine*-Heft. Er erscheint mir wichtig. *Wenn ich die Situation eskalieren lasse?* Ich werde die Sache weiter im Kopf behalten.

Zum Kochen ist es noch zu früh. Ich gehe in den Keller und nehme Wäsche ab. Und der Abwasch muss auch noch gemacht werden.

Die Pilze waren köstlich. Es ist nachmittag und schreibe an die *Partei für Bürgernahe Politik*, abgekürzt PBP. Die sind gerade in den Landtag eingezogen und nach meiner Überzeugung die einzigen Politiker, mit denen man vernünftig reden kann.

Sehr geehrte Damen und Herren!
Mich interessiert, welche Position die PBP gegenüber sogenannten Rüpel-Radlern einnimmt, also aggressiven Radfahrern. Dieses Problem besteht schon seit einiger Zeit und wird sich durch die Zunahme des Radverkehrs in Zukunft noch verschärfen.
Welche Maßnahmen kommen Ihrer Ansicht nach in Frage? Kennzeichen- und Versicherungspflicht? Höhere Strafen? Mehr Kontrollen?

Die etablierten Parteien haben dieses Problem immer vernachlässigt. Man will „fahrradfreundlich" sein und übersieht dabei, dass Radfahrer, die sich an die Regeln halten, überhaupt nicht das Problem sind.

Welche Maßnahmen halten Sie für geeignet, um bei den Radfahrern, die sich nicht an die Regeln halten, für mehr Disziplin zu sorgen? Ich freue mich auf Ihre Antwort.

Mit freundlichen Grüßen
Arne Behring

Diesen Text sende ich per E-Mail ab. Zufrieden klappe ich das Labtop zu. Heute ist Kneipentag.

„Heute habe ich an die PBP geschrieben", erzähle ich.

Helmut verzieht das Gesicht. „Was? Diese Rechtspopulisten?"

„Das sind keine Rechtspopulisten!", erwidere ich lauter als beabsichtigt. „Nur weil jemand ein etwas anderes Europa will und mehr innere Sicherheit, ist der noch lange nicht *rechts*."

„Ganz geheuer sind die mir auch nicht", wirft Edgar ein. „Aber man soll ihnen erst mal eine Chance geben."

„*Was* ist verkehrt an denen?" Ich fühle mich wieder mal total unverstanden.

„Is' halt so ein Gefühl." Helmut zuckt mit den Schultern.

Ich will zu einer Predigt über Vernunft und Politik ansetzen, doch Edgar unterbricht mich: „Was hast du denn heute so erlebt, Arne?"

„Heute morgen, da war so ein blöder Typ am Gemüsestand."

„Und dem hast du gleich eine reingehauen!?" Erwin bevorzugt rustikale Lösungen, zumindest verbal.

„Nee, weiste doch." Ich gelte wahrlich nicht als *Rambo-Typ* und meine Kneipen-Kumpels ziehen mich gerne damit auf.

„Hattest du keinen Unterricht?", will Edgar wissen.

„Nein, heute nicht. Morgen wieder."

„Arne, du hast es gut."

Darauf weiß ich nichts zu erwidern.

„Erwin, du sagst ja gar nichts. Was denkst du über die PBP?"

Der winkt ab. „Mit Politik brauchst du mir nicht zu kommen. Ich will mit dem ganzen Scheiß nichts zu tun haben. Zur Wahl gehe ich schon seit zehn Jahren nicht mehr."

Ja, richtig. Das hat er irgendwann erzählt.

„Erzähl mal, was du denen geschrieben hast." Helmut wird jetzt doch neugierig.

„Na ja, ich habe gefragt, welche Maßnahmen die sich vorstellen können gegen Rüpel-Radler. Also Kennzeichenpflicht, höhere Strafen und so was."

„Das Thema schon wieder – wird ja eine echte Obsession bei dir."

„Wenn ich mich irgendwo festgebissen habe, dann lasse ich so schnell nicht wieder los."

„Und haben die schon geantwortet?", hakt Helmut nach.

„Nein. Ich habe erst heute geschrieben."

„Bin gespannt, was da zurück kommt."

„Ich werde es dir erzählen", sage ich in mein Glas hinein.

„Versprochen?"

„Versprochen!"

Ich bin auf dem Weg zur Straßenbahn. Gestern war ich lange in der Kneipe. Bis halb elf ungefähr. Es ist nochmal richtig laut geworden, als wir über Europa und die EU geredet haben. Uwe war komplett anderer Meinung als ich und hat dauernd von einem *geeinten Europa* gefaselt und wie toll das doch alles sei. *Immer diese Achtundsechziger!* Dabei hat er mit den Armen rumgefuchtelt und mich mindestens einmal im Gesicht berührt. So was mag ich nun überhaupt nicht. Fast hätte ich ihm eine gescheuert. Politik ist kein gutes Thema für Kneipengespräche. Das kann schnell aus dem Ruder laufen.

Der Spätsommer zeigt sich von seiner schönsten Seite und geht nun deutlich in den Herbst über. Überall bunte Blätter. Ahornfrüchte schweben wie kleine Hubschrauber durch die Luft. Ich lächele einem Kind zu. Es lächelt zurück. Nach dem Mittagessen habe ich meditiert und bin daher besonders aufgeräumt im *Hier und Jetzt*.

Wie immer gehe ich einen schnellen Schritt. *Du rennst, als ob jemand hinter dir her wäre*, pflegt Edgar zu scherzen. Auf einer geraden Wegstrecke sehe ich vor mir den Mann vom Gemüsestand. Bei meinem Tempo habe ich bald zu ihm aufgeschlossen und setze zum Überholen an. Da schaut er plötzlich über seine Schulter und ändert abrupt die Richtung, so dass er mir genau vor die Füße läuft.

Ohne mich davon beeindrucken zu lassen, gehe ich weiter meines Weges. Die Spitze meines Regenschirmes berührt ihn am Rücken. Wie von der Tarantel gestochen fährt er herum. Angst steht in seinem Gesicht.

„Hey, was soll das?", brüllt er mich an.

„Hopp, hopp, zur Seite!", befehle ich im Kasernenhof-Ton und lasse meinen Regenschirm wippen wie eine Gerte. *Ich liebe den Kutscher-Jargon.* Er klingt so herrlich herablassend.

Der andere holt mit der flachen Hand aus. Doch er kommt gar nicht erst dazu, mich zu schlagen. Wie von selbst rammt sich die Stahlspitze in seinen Unterleib. Er klappt zusammen wie ein Taschenmesser. Ein Stoß mit dem Ellenbogen befördert ihn in das Gebüsch am Wegesrand. Abwehrbereit die Lage sondierend, setze ich meinen Weg fort. Niemand reagiert.

Per Internet habe ich zur Gründung einer Bürgerinitiative aufgerufen. Am Samstagvormittag sichte ich meine E-Mails. Neben zahlreichen Beschimpfungen und Spinnern, die sich gleich bewaffnen wollen, gibt es auch ein paar ernstzunehmende Zuschriften. Für ein erstes Treffen sind es aber viel zu wenige. Das Projekt Bürgerinitiative braucht also noch etwas Zeit. Die PBP hat ebenfalls noch nicht geantwortet. Auch das braucht noch Zeit. Aber gut Ding will Weile haben. Ich habe etwas angestoßen und das nimmt seinen Lauf.

Heute abend fahre ich in die Stadt zu einem Literatur-Festival. Sonst fahre ich nie samstags in die Stadt und erst recht nicht abends. Viel zu viele Menschen. Ich mag so viele Menschen nicht. Sie sind unberechenbar und gefährlich, besonders wenn sie in großen Massen auftreten.

Es ist spät geworden, oder besser gesagt: früh am Morgen. Um etwa halb Zwei schlendere ich durch den Stadtpark. Die Bahn kommt in zehn Minuten. Aber theoretisch könnte ich auch zu Fuß nach Hause gehen. So weit ist es nicht. Die Nacht ist schon recht kalt, es ist Mitte Oktober. Ich schlage meinen Mantelkragen hoch und ziehe den Hut in die Stirn.

Von hinten nähert sich ein leises Sirren unterlegt mit unregelmäßigem Klappern. Das typische Geräusch eines Radfahrers. Da spüre ich einen Schlag gegen meine Schulter. Ich werde zur Seite geschleudert, aber finde schnell wieder das Gleichgewicht.

Sonntag, zehn Uhr zwei im lokalen Radiosender:

Erneut Überfall auf Radfahrer. In den frühen Morgenstunden des heutigen Sonntags ist im Stadtpark von B. ein Radfahrer brutal zusammengeschlagen worden. Das Opfer trug schwerste Gesichts- und Kieferverletzungen, einen Schädelbasisbruch sowie mehrere Rippenbrüche und innere Verletzungen davon. Der Vierunddreißigjährige befindet sich auf der Intensivstation und wurde in ein künstliches Koma versetzt. Das Opfer ringt mit dem Tode.

Die Polizei rekonstruierte den Tathergang wie folgt:

Wahrscheinlich gab es eine Auseinandersetzung zwischen dem Radfahrer und einem Fußgänger. Dieser hat den Radfahrer daraufhin umgestoßen und auf den am Boden liegenden eingetreten. Die Tritte haben Gesicht, Oberkörper, und Kehlkopf getroffen.

Nach diesem ersten Angriff versuchte das Opfer, auf allen Vieren davonzukriechen. Der Angreifer setzte nach und trat darauf so kräftig von hinten auf ihn ein, dass der Mann nach vorne geschleudert wurde und mit dem Kopf gegen einen Abfalleimer stieß, der dadurch aus der Halterung gerissen wurde. Er blieb mit dem Gesicht auf einer steinernen Wegbegrenzung liegen. Der Täter sprang ihm dann auf den Hinterkopf, wodurch der Unterkiefer ausgerenkt und mehrfach gebrochen wurde. Nach der Schwere der Verletzungen zu urteilen, muß der Täter etwa drei Meter Anlauf genommen haben. Es folgten etwa zwanzig schwere Tritte, die alle das Gesicht getroffen haben. Etwa fünf Tritte in den Unterleib führten zu einem Leberriss und schweren inneren Blutungen.

Erfahrene Ermittler zeigten sich fassungslos angesichts der Brutalität dieses Überfalls. Von dem Täter fehlt jede Spur. Die Polizei bittet um Hinweise.

Zen

Er setzt sich auf sein Zafu. Den rechten Fuß legt er auf den linken Oberschenkel, den linken Fuß auf den rechten Oberschenkel. Im vollen Lotus. Die Hände formen eine Mudra. Einpendeln. Zwei tiefe Atemzüge. Gasho. Konzentration auf die Haltung und die Atmung. Stille. Die Knie drücken in die Erde, der Kopf stößt in den Himmel. Die Harmonisierung mit dem Kosmos bringt die Auflösung des kleinen Ich mit sich – was für ein Tausch. Mit jedem Ausatmen gehen die Gedanken, mit jedem Einatmen kehrt Stille ein.

Wenn der Druck zu hoch ist, kann er sich nicht in geordneter Weise entladen. Es staut sich. Das Ventil ist verstopft, es kommt nur tröpfchenweise heraus. Eine weitere Erhöhung des Potentials würde eher zum Bersten der Gefäßwände führen als zu mehr Produktivität. Einzelne literarische Fetzen wirken wie hervorgepresst. Wollen sie sich zu einem Ganzen fügen?

Ich lese viel, um meine eigene Sprache zu finden. Immer wieder neue Ansätze, die dann im Sande verlaufen um später wieder aufgenommen zu werden. Wird etwas Großes daraus? Halluzinogene und Meditation: Die Zerstörung des Ego ist beiden gemeinsam.

Mein Leben ist ein *Koan*. Ich habe die Lösung noch nicht gefunden. Zur Zeit brennt es wie eine glühende Kugel in meinem Innersten. Ich bin schon früh mit Zen in Berührung gekommen, immer wieder und ohne mir dessen wirklich bewußt zu sein. Mein Interesse an Tee und der japanischen Tee-Zeremonie ist hier augenfällig. Meine Hinwendung zur Kampfkunst, zum *Budo*, kann als weitere Berührung mit dem Zen betrachtet werden. Sie ist jedoch wieder abgeebbt. Schließlich und endlich habe ich den direkten Weg gefunden: *Zazen. Zazen*, die Sitzmeditation ist die Eigentliche Praxis, die Essenz des *Zen. Chado* (Teezeremonie) und *Budo* (Kampfkunst) sind Ausflüsse der *Rinzai*-Schule, einer der beiden großen Richtungen des Zen in Japan.

Zazen führt den Geist zum normalen Zustand zurück. Ich habe begriffen, dass mein Leben ein Koan ist. Alles, was passiert oder nicht passiert, hat seine Bedeutung. Der erzwungene Abbruch der Patentanwalts-Ausbildung hat die Hinwendung zum Zazen bewirkt. dass meine Leberwerte inzwischen wieder in Ordnung sind, hat sicher auch mentale Ursachen. Durch die Abmahnung wegen meiner Webseite hatte ich das Bedürfnis, von meiner Wohnung wegzukommen, woanders einen Schwerpunkt, ein Zentrum zu haben. Also ging ich regelmäßig ins Dojo. Ach, was heißt regelmäßig: Wann ich nur konnte! Durch meine Praxis dringe ich immer weiter vor und entdecke den Sinn aller Dinge des Lebens, ich dringe vor zu einer tiefen Gewißheit.

Ich will zurück nach B., nur weg aus dieser großen Stadt. Aber was soll ich dort machen? Ich mache zwar auch hier nichts außer Zen, aber wenn ich nach B. zurückkehre, müßte ich das meinen Eltern sagen. Und das schaffe ich noch nicht. Die Suche nach einer Patentanwalts-Kanzlei in B., bei der ich die Ausbildung fortsetzen kann, war nicht erfolgreich. Ich denke an eine Textstelle aus dem *Shobogenzo*, glaube ich.

Man hat immer Vorstellungen, wohin man will. Aber findet man dort auch das, wonach man gesucht hat? Es kann auch in einer Enttäuschung enden. Was suche ich eigentlich in B.? Es ist ein diffuses Heimatgefühl. Aber ist das verkehrt? An meinem jetzigen Wohnort habe ich nichts mehr verloren. Aus der Verbindung werde ich früher oder später austreten, oder gar nicht erst beitreten. Mich hält hier nichts mehr. Ist das eine Niederlage? Treibt mich wieder die Hoffnung, dass woanders alles besser ist, diesmal in der Heimat? Und ist diese Hoffnung trügerisch?

Mein Traum ist immer noch ein eigenes Biotech-Unternehmen. Aber mit welcher Geschäftsidee? Ich muß endlich Geld verdienen. Wenn nicht als Patentanwalt, dann irgendwie anders. Soll ich es meinen Eltern sagen? Zen hat mir geholfen, meine jetzige Lage zu akzeptieren und dennoch, oder gerade deshalb, Freude zu empfinden. Man sagt ja, Humor ist wenn man trotzdem lacht. Das Akzeptieren der jetzigen Lage kann der erste Schritt zur Besserung sein. Wim hat gesagt: „Wenn einem das Leben alles nimmt, dann bereitet es einen auf eine große Aufgabe vor. Man sollte sich freuen." Meine finanzielle Lage ist katastrophal. Inzwische droht mir die Kündigung meiner Wohnung, aber ich bin vollkommen ruhig. Ist es Zuversicht oder Gleichgültigkeit? Aber gibt es da überhaupt einen Unterschied?

Meine Forderung gegen GenTek ist in weite Ferne gerückt. Mit einem Factoring-Unternehmen wird es wohl nichts werden, da mein Umsatz zu gering ist. Ich werde als Mahnungen schreiben und dann ein Inkasso-Unternehmen beauftragen. Oder gleich klagen? Freiwillig zahlen wird Brenzlich wohl nicht.

Ich war heute vor dem Verbindungshaus, ja dem alten Haus. Sehr traurig zu sehen, dass die Verbindung jetzt endgültig weg ist aus dem Haus. Es sind Leute eingezogen, so sah es jedenfalls aus. Auf dem Schild werden einem jetzt strafrechtliche Konsequenzen für unbefugtes Betreten des Grundstückes angedroht.

Wegen meiner Anzeige gegen Korte hat heute die Polizei angerufen, die wollen sein Geburtsdatum. Ich werde die Sache weiterverfolgen. Es ist für mich Genugtuung. Ich habe mir viel zu viel gefallen lassen, trotzdem bin ich traurig über dieses Ende. Es waren eben auch schöne Momente.

Auch das habe ich Mama und Papa nicht erzählt. Die beiden wissen so gut wie nichts über mein Leben. Ich möchte das ändern und ich werde es ändern. Mit der Corpsgeschichte fange ich an, mit der Fusion und dass ich wahrscheinlich nicht weiter mitmachen werde, dass das Haus verkauft ist. Meine Begegnung mit Bert war überraschend, ich habe mich gefreut ihn zu sehen. Seine Ansichten über die Fusion sind auch die meinen.

Ich muß viel ehrlicher mit mir selber sein und auch mit anderen. Würde gerne mal wieder mit Jan reden. Einer der wenigen im Corps, von denen ich mich verstanden fühle. Wahrscheinlich ist er dem neuen Corps auch nicht beigetreten. Oder Mischa, was macht der wohl? Er hat den Antrag selber gestellt, der diese schnelle Fusion ermöglicht hat. Bereut er es jetzt? Aber das Corps ist zur Zeit wirklich nicht mein Problem.

Mein Leben ist auf jeden Fall ein Koan. Ich habe keine Ahnung, wie es weitergehen soll. Es soll nur nach B. gehen, aber was dann? Ich habe noch nie Salat gesehen, der Blütenstände entwickelt. Aber jetzt ist es soweit, auf meinem Balkon. Ich habe wohl mit der Ernte zu lange gewartet. Bedeutet das etwas? Meine Webcent muß ich wieder aufladen, sonst kann ich keine Faxe schicken. Wie war das noch? „Wenn das Leben einem alles nimmt …" Nach dem Film Armageddon können nach der Katastrophe nur die mit einer absolut pragmatischen Einstellung überleben: „Es gibt ein Problem, wie können wir es lösen?" Eine echte Zen-Einstellung, denn sie setzt voraus, dass man die aktuelle Situation erst einmal rückhaltlos akzeptiert. Mir gefällt auch: „Es gibt keine Lösung, weil es kein Problem gibt." Muß ich noch mehr *Zazen* üben? Erkenne ich dann, dass Gewinn und Verlust ein und dasselbe sind? Ich weiß es schon jetzt, oder glaube es zu wissen. Aber ist es ein intuitives Verstehen?

Patentanwalt ist auch nicht das, was ich wirklich will. Aber was will ich denn wirklich? Ein Zen-Dojo in B. eröffnen? Das könnte etwas sein. Es gibt auch Yoga-Schulen bei den Lehrern zu Hause. Ein Biotech-Unternehmen? Es fehlt die Idee, aber die kann noch kommen. Tue, was Dich glücklich macht! Ich werde morgen erstmal ein paar Patentanwälte anrufen in B.. Die gegenwärtige Situation entfaltet einen ungeheuren Druck. Das ist vielleicht das Gute daran. Es gibt keinen Ausweg mehr. Ich kann mir nichts mehr vormachen. Bisher habe ich den Schriftverkehr bevorzugt, nun muß ich telefonieren. Ich kann auch mit Brenzlich telefonieren. Für tagelanges Überlegen ist keine Zeit mehr. Es ist ein unmittelbarer und schonungsloser Kontakt mit der Wirklickkeit. Ja, widrige Umstände können ein wunderbares Geschenk sein. Man muß sie nur zu deuten wissen.

Das Lügen ist mir inzwischen zur zweiten Natur geworden. Es ist wie ein Panzer, der mich einengt, der mich vom Leben abkapselt. Durch Zazen hat dieser Panzer erste Risse bekommen, aber ich muß ihn ganz absprengen. Ist absprengen das richtige Wort? Er muß zerfallen, zerbröckeln durch fortschreitende Zazen-Praxis. Ich lüge ohne vernünftigen Grund. Warum habe ich Jochen belogen? Ich hätte ihm ruhig sagen können, dass ich zur Zeit nichts mache. Neben der Zazen-Praxis muß ich auch sonst darauf achten, ehrlicher zu sein. Die Email von Jan Kahr hat mich tief bewegt, er spricht mir ganz aus dem Herzen. Ein armseliges Corps, das solche Menschen ausstößt. Das Telefonat mit Brenzlich war katastrophal, wie zu erwarten. Ich werde diese unerfreuliche Angelegenheit nicht weiter verfolgen. Strich darunter!

Jetzt habe ich Mama und Papa alles gesagt, nein nicht alles. Ich habe verschwiegen, dass ich mit zwei Monatsmieten im Rückstand bin. Zuerst wollte ich nur über die Verbindung erzählen, aber nun ist das mit dem Job auch raus. Papa meint es gut, aber irgendwie versteht er mich nicht.

Soll ich Zen zum Beruf machen? Oder Yoga? Bei Yoga scheint das zu gehen, aber bei Zen?

Ein Tag im Leben

Er denkt zuviel, ja das muß es sein. Bushaltestelle Botanischer Garten. Wieder fällt ihm so ein Mädchen auf. Er weiß nicht, wie er sie ansprechen soll. Sie ist vielleicht 17 oder 18, rotblonde Haare. Unter der hellen Cordjacke trägt sie ein weißes Shirt, dazu eine helle verwaschene ganz enge Jeans. Sie ist die Sorte junge Mädchen, die ihm immer wieder auffällt. Im gebärfähigen Alter. Breite Hüften, feste Brüste, die bei einer Schwangerschaft richtig schön aufgehen würden, wie ein Hefekuchen.

Es ist ein strahlend sonniger Tag in Berlin-Dahlem hier an der Haltestelle vor dem Bäcker, gegenüber dem Botanischen Garten. Wahrscheinlich geht sie noch zur Schule, denkt er, und sie fährt gerade nach Hause. Es ist drei Uhr nachmittags aber sie hatte wohl noch Sport oder eine Arbeitsgemeinschaft oder so was ähnliches. Er ist achtunddreißig und seine Schulzeit ist schon lange her. Heute ist ja alles ganz anders, die Schule und die Jugendlichen sowieso.

Der Bus kommt. Er steigt hinter ihr ein und stellt sich neben sie. Beim Festhalten an der Stange kommen sich die Hände gefährlich nahe. Ihr warmer Duft ist betörend, wie eine Blume. Beim Bremsen kommt man sich näher. Er würde sie gerne ansprechen aber hat zugleich Angst davor. Was soll er sagen? Wie heißt Du? Und dann? Was wird sie antworten?

Er geht an ihr vorbei, ein Platz im hinteren Teil des Busses ist freigeworden. Sie weicht ihm aus. Ist es aus Höflichkeit oder Abneigung? Ihre Hände berühren sich leicht. Seine Wirkung auf Frauen wird er nie verstehen. Er weiß, dass er spontaner und lebendiger sein müßte. Wie er das hinbekommen soll, weiß er nicht.

Sie setzt sich ebenfalls hin, als ein Platz hinter ihr frei wird. Der Riemen ihrer Umhängetasche verläuft zwischen ihren Brüsten durch. Ob sie wohl weiß, wie das auf Männer wirkt? Dazu dieser unschuldige Blick… Es macht ihn wahnsinnig. Sie ist so nah und doch unerreichbar.

Er hat studiert aber ist dennoch arm. Was sollte er einer Frau bieten, was sollte er ihr sagen wenn sie ihn fragt: „Was machst Du denn so?"

„Ich lasse den lieben Gott einen guten Mann sein." Besser ist natürlich: „Ich schreibe, freiberuflich." Das würde auch erklären, warum er um diese Zeit das schöne Frühlingswetter genießt und sonst nichts zu tun hat. Er kann sich seine Zeit eben frei einteilen und arbeiten wann er will – beneidenswert. Und Inspiration braucht ein kreativer Mensch nun einmal.

Bleibt immer noch das Problem, dass er kein Geld hat. Er sieht jünger aus als er ist, denkt er zumindest. Er könnte sich als Student ausgeben. Aber was, wenn sie sich näher kennenlernen?

Ist eigentlich auch egal, denkt er. Dann verläßt sie ihn eben wieder. Ihm gefallen viele Frauen, er hätte sowieso gerne mehrere auf einmal, oder nacheinander. Wenn er nun einfach mal ein Mädchen ansprechen würde, ganz egal wie sie reagiert. Berlin ist groß und anonym, wenn es bei einer nicht klappt versucht er es eben bei der nächsten. Aber irgendetwas hält ihn davon zurück.

Ist es die Frage: „Was soll ich sagen?" Eine Standard-Eröffnung könnte die Lösung sein, aber nicht so etwas Plumpes. Das würde nicht zu ihm passen (er hat ja studiert und ist Doktor) und die Frauen würden auch nicht darauf ansprechen (zumindest nicht die Frauen die er will). Was die Frauen, die er will nun genau ausmacht, ist dabei schwer zu sagen. Vielleicht ist es die Angst vor Ihrer Reaktion, sie könnte etwas Gemeines sagen oder sogar schreien. Oder ihr Freund ist in der Nähe. Im Austragen von Konflikten ist er wirklich nicht gut. Eine Zeitlang erduldet er alles und wenn das nicht mehr geht, explodiert er einfach. Die Anderen reagieren dann verstört, wahrscheinlich weil sie die ganze Zeit nichts gemerkt haben. Überhaupt die Anderen. Ein schwieriges Thema. Freunde hat er nicht.

Der Typ mit der blonden Tussi. Was will sie nur mit dem? Wie schaffen es manche Typen nur, die tollsten Frauen zu erobern? Und warum gelingt ihm das nicht? Er denkt nicht weiter darüber nach. Er mag Woddy-Allen-Filme und hat schon fast alle gesehen. Im Grunde ist er auch so ein Typ, aber Woddy Allen kommt bei Frauen gut an, bei manchen zumindest. „Ich schreibe." ist übrigens wirklich gut. Hat Woddy Allen auch gesagt, zu einer Frau die wissen wollte, was er so macht. Ach Schriftsteller, das könnte es sein. Es würde zu ihm passen. Er liest gerne, kauft mehr Bücher als er sich leisten kann. Warum nicht selbst welche schreiben?

Was hat er nicht alles versucht? Sein Studienfach wählte er aus Neigung, das ist gewiß. Aber warum bekommt er nach dem Studium keinen Fuß auf die Erde? Er ist nach wie vor davon überzeugt, dass er für Großes bestimmt ist. Nur kapieren das die Leute nicht. Als Schriftsteller könnte er endlich das Leben führen, das er sich vorstellt, für das er bestimmt ist. Er hat viele Interessen, ein Thema wird sich schon finden.

Vielleicht ein Entwicklungsroman mit autobiographischem Einschlag?

Wieder zu Hause, aussteigen. Es ist gerade mal halb vier. Nicht dass er sich langweilt, nein. Am nächsten Morgen würde er wieder ins *Dojo* fahren, zum meditieren. Zen ist das beste, was ihm seit langem passiert ist. Vielleicht das beste in seinem Leben. Aber nein nein, das hat er schon oft gedacht und ist immer wieder enttäuscht worden. Aber dennoch: Die regelmäßige Meditationspraxis bringt eine Klarheit in sein Leben und seine Gedanken, die er lange vermißt hat. Wie viele Dinge hat er schon angefangen und nicht zuende gebracht. Angekommen bei seiner Wohnung. Schon wieder Werbung im Briefkasten, trotz des Aufklebers *Keine Werbung* mit der abwehrend ausgestreckten roten Hand.

„Na Kleiner, wie lange möchtest Du verweilen?"

„Eine halbe Stunde." Er gibt ihr 50 Euro. Sie geht aus dem Zimmer: „Bis gleich Süßer!"

Er tätschelt ihr den Hintern: „Bis gleich..."

Sophie ist etwas besonderes, nicht so wie die anderen Mädchen. Sie sagt, dass sie studiert und er glaubt ihr das auch. Sie ist intelligent, witzig und wirklich hübsch. Lange Blonde Haare, kleine feste Brüste (ein Handvoll), breite Hüften und ein bißchen größer als er. Aber das liegt vielleicht nur an den Stöckelschuhen mit den hohen Absätzen. Eigentlich mag er es lieber, wenn die Frau etwas kleiner ist als er, so fünf bis zehn Zentimeter. Aber bei Sophie nimmt er das gerne in Kauf. Ihr Gesicht erinnert ein bißchen an Veronica Ferres. Sie ist wieder da und zieht ihr Kleid aus.

„Ziehst Du auch die Schuhe aus?"

„Na klar, sonst kriegst Du noch Komplexe."

Er umarmt sie und küsst sie auf die Wangen. Wie gerne würde er sie auf den Mund küssen! Aber das darf er nicht. Auf dem Bett streicheln sie sich und er küßt sie auf den Hals, die Brüste, die Arme, den Nacken.

Nach dem Sex bleiben sie noch liegen und erzählen sich etwas. Er war schon öfter hier und wird wiederkommen.

Ost und West

Als unser Held geboren wurde, war die Welt noch in zwei waffenstarrende Machtblöcke geteilt. Mitten durch Deutschland verlief eine mit Stacheldraht und Schießbefehl gesicherte Grenze, im Volksmund Zonengrenze genannt, offiziell war von der „Demarkationslinie" (West) beziehungsweise dem „Antifaschistischen Schutzwall" (Ost) die Rede. „Drüben" waren die Kommunisten, denen man nicht trauen konnte. Aber andererseits hatten die Leute ja keine andere Wahl.

Niemand, der bei klarem Verstand war, glaubte an die Möglichkeit einer deutschen Wiedervereinigung. Auch nicht jener Politiker, der die Wiedervereinigung als „Lebenslüge" bezeichnet hatte und später als erster Kanzler nach dem Ende des zweiten Weltkrieges wieder in Berlin regierte.

Und in der Tat, es war auch völlig unrealistisch. Niemals würden die Siegermächte die Entstehung eines Kollosses mit 80 Millionen Einwohnern mitten in Europa akzeptieren. Und vielleicht war das auch ganz gut so. Wie viele Westdeutsche seiner Generation hatte sich unser Held in der „alten BRD" gut eingerichtet. Es fehlte ihm an nichts. Natürlich hätte er gerne mehr von diesem oder jenem gehabt aber insgesamt war er doch froh und dankbar „im Westen" leben zu dürfen.

„Die Zone" erschien ihm als riesiges Freiluft-Gefängnis und ein Besuch dort hatte etwas von einem Besuch im Zoo. Für seine Generation war die Teilung selbstverständlich, sie war das Ergebnis der Geschichte und selber längst eine unabänderliche geschichtliche Tatsache. Die Vorstellung, dass BRD und DDR sich eines Tages zu einem gesamtdeutschen Staat vereinigen könnten erschien ihm dermaßen lächerlich und realitätsfern, dass er sich nicht näher mit ihr beschäftigte.

Daher hätte er, wenn man ihn gefragt hätte, ob ein solcher historischer Schritt wünschenswert sei, nur eine sehr indifferente Antwort geben können. Nur West-Berlin erinnerte noch daran, dass der staatliche Zustand Deutschlands keineswegs normal war. Dieses letzte Überbleibsel des ehemaligen Deutschen Reiches und damalige Frontstadt des Kalten Krieges! Aber was war schon normal in einer Welt am Rande des Atomkrieges? Ja, die Bedrohung durch ein nukleares Inferno hing wie ein Damoklesschwert über der Welt des Kalten Krieges. Westdeutschland war die Speerspitze der NATO, der Flugzeugträger der Amerikaner. Es würde als erstes von den roten Horden überrannt werden, sollte aus dem kalten Krieg ein ganz heißer werden.

Die westdeutsche Bundeswehr hatte nur die Aufgabe, die Angreifer aus dem Osten bis zum Eintreffen der NATO-Verbände aufzuhalten. Natürlich nur unter der Voraussetzung, dass es noch etwas zum Einmarschieren gab und nicht ein nuklearer Erstschlag des Warschauer Paktes bereits im Vorfeld endgültige Tatsachen geschaffen hatte. Im Grunde war in so einem Fall alles egal, denn es saßen alle in einem Boot.

Diese ständige Bedrohung zu verdrängen war ebenso gesellschaftlicher Konsens wie die Verdrängung des Holocaust. Der Kriegsdienst bei der Bundeswehr war, wenn man Erzählungen glauben durfte, eher ein Abenteuerspiel für große Jungs. Die Möglichkeit, in einem Krieg eingesetzt zu werden war reine Theorie.

Die 70er Jahre, in denen er seine Kindheit am Rande des Eisernen Vorhangs verbrachte, waren eine bewegte Zeit mit wichtigen Entscheidungen. Die Jahre der Kindheit erscheinen wohl den meisten Menschen rückblickend als eine heile Welt, was sie in Wirklichkeit jedoch nicht sind. Erst in späteren Jahren erkennt man rückblickend den wahren Charakter der Jahre, mit denen man die schönsten Erinnerungen verbindet.

Im Falle dieses Jahrzehnts wird die Diskrepanz zwischen Erleben und Erinnerung besonders deutlich. An die Fahndungsplakate mit RAF-Terroristen, die damals in jedem Supermarkt hingen, kann er sich noch gut erinnern.

Das erste politische Ereignis in seiner Erinnerung ist die Wahl von Helmut Kohl zum Bundeskanzler.

„Der neue heißt auch Helmut", sagte sein Vater.

„Ich verstehe nicht, wie man an so einem Tag sein Auto waschen kann", empörte sich seine Mutter.

Ein Nachbar wusch in der Tat sein Auto und seine Eltern unterhielten sich in der Küche. Er verstand, dass ein wichtiges Amt mit einem Mann namens Helmut besetzt worden war, dass der Vorgänger dieses Mannes in diesem Amt ebenfalls Helmut hieß und dass man an einem solchen Tag, an dem dieses wichtige Amt besetzt wurde, besser kein Auto waschen sollte. Jedenfalls gehörte es sich wohl nicht.

Ja, er gehörte zu Kohls Kindern, jener Generation, die bis ins Erwachsenenalter hinein keinen anderen Bundeskanzler erlebt hat. Erst 1998, er war schon Student in Göttingen, erlebte er einen demokratischen Machtwechsel, dieses Hochamt einer repräsentativen

Demokratie, in der die Wähler nur alle vier Jahre ihr Kreuz machen durften.

Es war ein erhebendes Gefühl, wie sich der Wählerwille unmittelbar verwirklichte und der unbesiegbar erscheinende Bundeskanzler abgewählt war. Er befand sich im Institut für Genetik, wo er ein Großpraktikum absolvierte und hörte Radio. Als Student im Hauptstudium hatte er einen Schlüssel und damit das Privileg, jederzeit das Institut zu betreten.

Da er sich in seinem Studentenwohnheim nicht wirklich wohl fühlte, machte er oft und gerne davon Gebrauch. Er hörte also Radio, die erste Hochrechnung wurde bekanntgegeben. Die Koalition aus Union und F.D.P. hatte die Wahl verloren, daran gab es nichts zu deuteln. „Es folgt ein Rückblick auf 16 Jahre Helmut Kohl." Für den Moderator schien diese Sensation ganz selbstverständlich.

Ein unwirkliches Gefühl machte sich in ihm breit. Ein Flugzeug folgte seinem Kurs am Abendhimmel, es war schon fast dunkel. Ob auch die Menschen in diesem Flugzeug von Kohls Abwahl schon erfahren hatten? In der ganzen Welt schien es auf einmal kein anderes Thema zu geben.

Er freute sich natürlich, denn er hatte SPD gewählt. In die Freude mischte sich aber auch Wehmut; er spürte genau, dass eine Epoche zu Ende ging. Mit Kohl ging sie nun endgültig, die gute alte BRD, die nun schon seit fast zehn Jahren nicht mehr existierte. Er gehörte zu Kohls Kindern, ja. In seinem gesamten bewußten politischen Leben hatte er keinen anderen Bundeskanzler erlebt. Nun, mit Ende Zwanzig, erlebte er den Wechsel.

Wie alle Kinder, war er mit seinen Eltern selten einer Meinung. In seiner Generation war es chic, gehörte es zum guten Ton, sich über Kohl lustig zu machen, den Einheitskanzler. Seine größte Tat hatte er mehr als kritisch begleitet, es gab wirklich andere Probleme in der Welt als die „Deutsche Frage" auf die man nun offensichtlich eine Antwort gefunden hatte.

Doch welche Bedeutung hatte eigentlich diese Frage in einer Welt mit Ozonloch und drohender Klimakatastrophe? Sollte Berlin nun wieder Hauptstadt werden? Und wie sollte der neue Staat heißen? Etwa *Deutsches Reich* mit Kohl als Reichskanzler? Und Genscher als Reichsaußenminister? Alles war unwirklich und im Grunde lächerlich.

Hohe Berge

Michaela mochte er schon in der Grundschule, sie war etwas frühreif und er war es in den Augen seiner Klassenkameraden auch. Sie war ein Mädchen aus der Nachbarschaft und er sah sie nicht nur in der Schule, sondern auch nachmittags beim Spielen. In der Orientierungsstufe, das war die fünfte und sechste Klasse, hatte sie schon ganz hohe Berge, wie man weit entwickelte Brüste nannte. Sie hatte breite Hüften und einen wohlgeformten Hintern. Damit hatte sie alles, was pubertierenden Jungs wilde Träume und schlaflose Nächte bereitet. Wahrscheinlich hatte sie noch mehr Verehrer, aber er wollte oder konnte das nicht sehen. Bereits in der Grundschule wollte er mit ihr gehen, wie man damals sagte wenn man mit einem Mädchen zusammen sein wollte. In der Grundschule gab es noch ein anderes Mädchen, aber davon später.

Eines Nachmittags war er mit Michaela in ihrem Zimmer, es war Sommer. Irgendwie kamen sie auf dem Bett zu liegen und sein Glied berührte ihre Hinterbacken, natürlich nicht direkt, er hatte eine Hose an und sie ein leichtes Sommerkleid. Er wunderte sich, dass er sofort ein steifes Glied bekam, wo es doch ihr Hintern war. Was hatte der mit dem Geschlechtsakt zu tun?

„Anton, meine Mutter …" Sie wehrte sich und er stieg von ihr herunter. Obwohl er frustriert war, erregte es ihn, dass sie wohl mit ihm geschlafen hätte, wenn nur ihre Mutter nicht wäre. Was allerdings nicht zu verstehen war, weil Michaelas Mutter tagsüber arbeitete und sie damit allein in der Wohnung waren.

Er dachte später noch oft an diese Begegnung und malte sich aus, wie sie anders hätte verlaufen können … wenn er nicht gleich aufgegeben hätte. Er hatte sofort aufgehört, als Michaela dies von ihm verlangte.

Er stellte sich vor, wie er ihr den Schlüpfer herunterzog, seine Hose aufknöpfte und sein steifes Glied hervorholte. Dann schob er sein Glied zwischen ihre Pobacken und besorgte es ihr von hinten, zwischen ihren Stofftieren. Weil er die Führung übernahm, hatte Michaela kein schlechtes Gewissen und ließ es sich gerne gefallen. Ja, sie wollte schon immer mit ihm schlafen aber hatte nur ein schlechtes Gewissen, wahrscheinlich wegen der Erziehung durch ihre Mutter.

Nachdem er sie so richtig durchgenommen hatte, lagen sie noch lange auf dem Bett und kuschelten. Sie sagte ihm Dinge, wie dass sie sich nun als Frau fühlt und wie schön es mit ihm war.

Wäre es so gekommen, wenn er weitergemacht hätte, oder ganz anders? Leider würde er es nie erfahren. Er hatte später noch mehr solcher Erlebnisse. Erwarteten die Frauen von ihm, dass er weitermachte? Oder hieß Nein wirklich Nein? Ein anderes Mal fuhren sie nebeneinander Fahrrad und er sah ihre Brüste durch die weite Öffnungen ihres ärmellosen Kleides. Er brachte sie zum Anhalten und stammelte, dass er sie mag und so weiter.

Neben den Mädchen gab es aber auch noch diese anderen Erlebnisse. Er hat später irgendwo gelesen, dass die meisten Jungen ihre ersten sexuellen Erfahrungen mit dem eigenen Geschlecht haben.

Eines Nachmittags war er bei seinem besten Freund, auch in der Nachbarschaft. Sie balgten sich manchmal miteinander auf seinem Bett, weil es da weich war. Diesesmal spürte er seine Hand zwischen den Beinen und dachte erst, es wäre ein Versehen. Der nächste Griff kam jedoch wesentlich fester, das war Absicht.

So herausgefordert, griff er auch seinem Freund zwischen die Beine. Die Bedingungen waren ungleich, denn Marc hatte eine Jeans an und er nur eine Trainingshose. Jetzt verstand er auch, warum er diese anbehalten sollte als sein Freund Marc ihn von zu Hause abholte. Marc wühlte jetzt heftig in seinen Eiern herum, so dass sein Penis im Kreis rotierte. Danach gingen sie gemeinsam Pinkeln, in seiner Unterhose war etwas weißes, dickflüssiges.

„Das kommt vom Eiergrabbeln", erklärte ihm sein Freund.

Auf dem Gymnasium interessierte ihn ein anderer Junge. In der siebten und achten Klasse war es Jan, der ihm oft in der Pause zwischen die Beine faßte. In der zehnten waren sie zusammen in einer Umkleidekabine im Schwimmbad. Jan hängte eine Unterhose über sein Glied und rieb es damit. Alle diese „Vorlieben" für andere Jungen, von Beziehungen oder ähnlichem wollte er nicht sprechen, waren immer nur von begrenzter Dauer.

Der Unterschied zwischen Grundschule und Orientierungsstufe konnte kaum größer sein. Die Grundschule hatte er immer als wohlbehütet erlebt. Man wußte, was man durfte und was nicht.

Auf der Orientierungsstufe kam es vor, dass in der Pause ein Pulk von Jungen hinter einem Mädchen herjagte. Wenn sie es eingeholt hatten, stürzten sich alle auf ihr Opfer um ihm zwischen die Beine und sonst noch wohin zu fassen.

Die Lehrer taten nichts dagegen, eine Deutschlehrerin stand einmal daneben und aß einen Apfel. Es waren immer die selben Mädchen, hinter denen die Meute her war.

Die mit hohen Bergen.

Begegnung

Er kam mir entgegen, auf dem Weg zu meiner Wohnung. Mit seinem Rucksack erinnerte er mich an die vielen Reisen, die ich als Student unternommen habe. Viele führten mich nach Nordafrika. Da war nun dieser kaffeebraune Junge und lächelte mich an. Er wird 18 oder 19 gewesen sein, vielleicht Anfang 20.

„How are you?"

„Fine, are you a tourist?"

„Yes, I come from tunisia."

Christine

„Gehen wir zu mir?"

„Das ist mir egal", ruft sie in meine Richtung.

Wir folgen mit unseren Fahrrädern der Biegung, die der Stumpfebiel vor dem Studentenwohnheim macht. Keine besonders aufmunternde Antwort, denke ich.

„Ok, ich wohne hier gleich, im Studentenwohnheim."

Wir fahren auf den Parkplatz im Innenhof, Christine folgt mir.

„Wir stellen unsere Fahrräder am besten in den Schuppen, es könnte regnen."

Wir waren bei einer Exkursion in die Umgebung von Göttingen. Nachdem ich das Vorhängeschloß geöffnet habe, schieben wir unsere Fahrräder in den Schuppen, wie immer ist alles voll. Ich finde noch einen Platz im Fahrradständer, Christine stellt ihr Rad irgendwo dazwischen. Sie wird wohl nicht über Nacht bleiben.

Mein Zimmer liegt im ersten Stock, mit Blick auf den Hof. Ich habe mich sehr um dieses Zimmer bemüht, um es ruhig zu haben. Allerdings hat sich in letzter Zeit die Unsitte ausgebreitet, den Hof als Parkplatz zu nutzen. Wir nehmen den Hintereingang und gehen die Treppe hoch in mein Zimmer. Christine zieht ihre dunkelbraune Wachsjacke aus und legt sie auf das Fußende meines Bettes. Eine Garderobe habe ich nicht. Meine Jacke hänge ich in den Schrank neben dem Fenster. Sie legt sich auf das Bett.

„Ich schlafe Dir noch ein hier." Christine hat rote lockige Haare, die hinten zusammengebunden sind.

Unter ihrem Pulli zeichnen sie ihre Brüste deutlich ab. Auch ihre Brustwarzen sind deutlich zu sehen, trotz der dicken Schicht Wolle. Dicke Titten unter dickem Pulli. Trägt sie keinen BH? Ich sage Ihr, dass ich gleich wieder komme und verlasse das Zimmer. Die Tür lehne ich nur an. In diesem Wohnheim sind die Türen wie die Türen von Wohnungen. Außen gibt es nur einen Knauf und keine Klinke. Die Tür fällt hinter mir ins Schloß. Ich gehe zur Toilette auf dem Gang, sehr erregt. Meine Hose aufknöpfend schaue ich mich im Spiegel an. Ich sehe doch gut aus. Ich habe schon einen Steifen und fange an, mir einen runterzuholen. Warum mache ich das? Ich sollte doch in meinem Zimmer bei Ihr sein. Wie heißt sie eigentlich? Es kommt. Warten, bis die Erektion abklingt. Herzklopfen. Zurück in mein Zimmer. Die Tür ist noch zu, ich klopfe an. Mehrmals.

„Hallo, bist Du noch da?"

Sie macht auf. „Warum klopfst Du an Deine eigene Tür?"

„Ich laufe nicht immer mit Schlüssel rum."

Wir setzen uns auf mein Bett, das ich auch als Sofa benutze.

In der Umkleide

Wir waren in der siebten Klasse. Jan und ich kannten uns bereits aus der Grundschule. In Sport war gerade Schwimmen dran. Dazu fuhren wir immer in ein nahe gelegenes Hallenbad.

Nach der Sportstunde duschten wir lange. Jan behielt seine Badehose an, während ich meine auszog. Die meisten Jungs zogen beim Duschen ihre Badehose aus. Natürlich wollten wir auch vergleichen. Wer hat den größten Schwanz? Wer hat schon Haare zwischen den Beinen? Die Vergleiche von Jungs in der Frühpubertät.

In der körperlichen Entwicklung war ich schon wesentlich weiter als Jan und die meisten anderen Jungs. Mit meinen dreizehn Jahren war ich fast ein ganzes Jahr älter als er. Mein Glied war groß und mit schwarzen Schamhaaren umwachsen. Ich zeigte mich gerne und genoss die Blicke meiner Klassenkameraden. Jan dagegen war am Körper noch gänzlich unbehaart und hatte das Glied eines Knaben. Das war auch der Grund, weshalb er seine Badehose beim Duschen anbehielt.

Anders als unsere Klassenkameraden, gingen wir nach dem Duschen nicht in die Gemeinschaftsumkleide sondern dorthin, wo die Einzelkabinen waren. Mit ein paar Worten bugsierte mich Jan in eine der Kabinen, unsere Klamotten hatten wir vorher aus den Schließfächern geholt.

Ich nahm das Handtuch weg und war erregt, weil wir beide ganz nackt waren. Mein Glied stand und ich hatte das Gefühl, es würde die ganze Kabine ausfüllen. Für Jan musste das ganz was Neues sein. Er war zwar jünger als ich, aber sehr vorlaut und führte oft das Wort. In den Pausen gingen wir manchmal in ein Versteck, wo er mir zwischen die Beine fasste. Ich mochte das, aber natürlich hätte ich das nie zugegeben. War halt einfach zu schwul, das. Auch jetzt dauerte es nicht lange, bis er mein steifes Glied anfaßte. Er nahm es in beide Hände und rieb es zwischen den Handflächen. Dann nahm er meine Unterhose und hängte sie darüber.

„Seid Ihr schwul?", fragte eine helle Kinderstimme.

Ich blickte nach oben. Zwei andere Jungs waren auf die Kabinenwand geklettert und schauten uns zu.

„Da ist überhaupt nichts dabei", sagte Jan.

„Haut ab!", sekundierte ich. Überaschenderweise verschwanden sie.

„Wie kriegst Du deinen Kleiderständer eigentlich in die Hose?" Jan machte gerne Witze über mein großes Glied. Aber in Wahrheit war er neidisch darauf. Am liebsten hätte ich ihn gebeten, mit einen runterzuholen. Aber wir mußten uns beeilen. Der Bully, der uns zurück zur Schule brachte, wartete schon.

In der zehnten Klasse waren wir nochmal zusammen in der Kabine. Wieder streichelte Jan mein Glied.

Dieses Mal bekam auch er einen Steifen.

Tee mit Anna

„Grüner Tee wird nicht mit kochendem Wasser aufgegossen. Er ist nicht fermentiert und enthält daher mehr Tannin als Schwarzer Tee. Fermentation, das ist eine Art geregelter Fäulnis, durch die grüne Teeblätter zu schwarzem Tee werden."

Ich gieße meiner Besucherin und dann mir selbst eine Tasse Tee ein und stelle die Kanne auf das Stövchen.

„Du bist ja ein echter Experte."

„Na ja, geht so", erwidere ich. „So ein Stövchen ist eigentlich eine Todsünde. Es treibt dem Tee das Aroma aus und nach einer gewissen Zeit schmeckt er nur noch bitter. Andererseits hält es den Tee warm, gerade im Winter. Nichts ist abscheulicher als kalter Tee. Da zieht sich mir alles zusammen. Bei Eistee ist das natürlich etwas anderes. Den trinkt man im Sommer und es kommen noch allerlei Zutaten hinein."

Anna nippt an ihrem Tee. In das Schweigen, das sich nach meinen Ausführungen breitmacht, fragt sie dann: „Und was machst Du sonst so?"

Diese schlimmste aller Fragen treibt mir den Schweiß auf die Stirn. Mir wird abwechselnd heiß und kalt und ich fühle mich hundeelend. „Ich arbeite freiberuflich," stottere ich „Gutachten und Recherchen und so was." Ich will auch noch Ghostwriting sagen, aber verkneife es mir in letzter Sekunde. Irgendwie erscheint es zu unseriös und hätte vielleicht unangenehme Fragen provoziert.

Anna schaut mich ungläubig an und stellt die Teetasse, sie eben noch auf dem Schoß hatte, zurück auf den Tisch. „Für wen recherchierst Du denn?" will sie wissen.

Ich hätte doch noch etwas mehr über Tee reden sollen, zum Beispiel über die Vorzüge von grünem Tee, welche Sorten es gibt und wie Tee in aller Welt getrunken wird. Von der japanischen Tee-Zeremonie hätte ich problemlos den Übergang zum Zen-Buddhismus schaffen können. Zen-Maditation, von Eingeweihten Zazen genannt, ist dann wieder ganz dicht bei den Halluzinogenen. Zazen ruft ähnliche Glücksgefühle hervor wie bestimmte Pflanzenstoffe, etwa LSD oder Meskalin. Über psychoaktive Pflanzen weiß ich eine Menge zu berichten. Nein, nicht aus eigener Erfahrung. Dazu fehlten mir bisher Mut und Gelegenheit. Aber mein zusammengelesenes Faktenwissen hätte sicher beeindruckt. Über psychoaktive Pflanzen wären wir wieder bei unserer Kanne Green Yünnan angelangt, womit sich der Kreis geschlossen hätte.

Ja, ich hätte stundenlang erzählen können, so scheint es mir. Alles andere wäre vergessen gewesen, alle andere Fragen wie auch die nach meiner beruflichen Tätigkeit. Am Ende hätte sie mich bewundert, wäre in meine Arme gesunken, ich hätte sie geküßt und, und, und... Aber wieder einmal ist alles anders gekommen als von mir erhofft. Wieder habe ich das Spiel verloren, bevor es überhaupt richtig begonnen hat. Soll ich ihr jetzt erzählen, dass die Patentanwalts-Kanzlei mich vor drei Wochen gefeuert hat und ich nach viermonatiger Unterbrechung nun wieder arbeitslos bin?

„In Patentsachen. Wenn eine Erfindung gemacht wurde, finde ich heraus, ob es so etwas schon gibt und ob eine Patentanmeldung sinnvoll ist. Sie ist natürlich nur dann sinnvoll, wenn es so etwas noch nicht gibt.

60

Denn die Erfindung muß wirklich neu sein. Für die Ablehnung einer Patentanmeldung reicht es schon, wenn die Neuerung für den Fachmann naheliegend ist. Meist bekomme ich meine Aufträge von Patentanwälten. Da ich Biologe bin, recherchiere ich natürlich vorwiegend in meinem Fachgebiet. Es geht also um biotechnologische Verfahren aber auch um Gensequenzen oder Mikroorganismen, die ebenfalls patentiert werden können.

„Das ist aber doch zweifelhaft, oder? Lebewesen zu patentieren ist doch nicht ok? Hast Du damit keine Probleme?“

„Ich patentiere ja nicht, sondern recherchiere nur.“

„Ach so“, erwidert sie kurz angebunden.

Schnell versuche ich das Thema zu wechseln. Warum bin ich nicht in der Lage, ein ganz normales Gespräch mit einer jungen Frau zu führen, das uns beide schlußendlich ins Bett führt? Ich hasse mich selbst dafür. Ist dieser Selbsthass der Grund für meine immer wieder völlig grundlos aufwallenden Aggressionen? Eine Frage, die ich jetzt nicht abschließend klären kann.

„Ich schreibe auch.“

„Ach ja?“

Wie einfach es doch Frauen gegenüber uns Männern haben. Es ist so ungerecht. Ich sauge mir die tollsten Geschichten aus den Fingern, berichte von Drogenerfahrungen, die ich nie gemacht habe um nahtlos in das Gebiet des gewerblichen Rechtsschutzes zu wechseln und sie sagt einfach nur: „Ach ja?“. Anna hat den Kopf in die Hand gestützt und ihre langen braunen Haare fallen ihr auf die übereinandergeschlagenen Oberschenkel, der Ausschnitt Ihres Pullovers gibt den Blick auf ihre Brüste frei. Machen die Frauen das mit Absicht?

„Und was schreibst Du?" Sie schaut mich aus ihren großen braunen Augen an. Wunderschön, denke ich, und zugleich so natürlich. Ihr Blick verrät echtes Interesse. Sie spielt nicht nur mit mir, wie ein Raubtier mit seiner Beute.

„Ich habe ein paar Sachen angefangen, aber es ist noch nichts Fertiges daraus geworden", antworte ich, wobei ich den Begriff *Fertiges* nicht näher definieren kann. Ab wann ist ein Manuskript fertig? Und worüber schreibe ich überhaupt?

„Wie wird sich unsere Gesellschaft weiter entwickeln?", frage ich, langsam in die Offensive gehend. „Die Unterschiede zwischen Arm und Reich werden immer größer, lange wird das nicht mehr gutgehen?" Anna schaut mich interessiert an.

„Also was wird passieren? Der Druck im Kessel steigt immer mehr. Gibt es irgendwann eine Revolution? Oder Bürgerkrieg? Solche Fragen beschäftigen mich und darüber will ich schreiben."

„Einen Roman?"

„Einen Roman!"

„Wer soll denn die Hauptfigur sein?"

„Ich weiß noch nicht so recht. Auf jeden Fall ein Underdog, der unter den gesellschaftlichen Bedingungen leidet. Ein junger Akademiker, der den Berufseinstieg nicht schafft und von einem Praktikum zum nächsten gereicht wird, immer nur ausgenutzt. Das ist der Protagonist. Ich schwanke noch zwischen einem Ich-Erzähler und einem auktorialen Erzähler. Ersteres würde das Buch wohl lebendiger und frischer machen, zugleich würde ich aber mehr von mir preisgeben. Der auktoriale Erzählstil dagegen würde mehr Distanz schaffen und mehr möglichkeiten eröffnen. Antagonist wäre so ein reicher Kotzbrocken mit zurückgegelten Haaren und Goldkettchen. Seine Angestellten behandelt er wie den letzten Dreck und sein Vermögen hat er auf Schweizer Nummernkonten, um Steuern zu hinterziehen."

„Hört sich an wie ein Groschenroman"

„Vielleicht habe ich die Charaktere etwas überzeichnet und es gibt ja auch noch andere Personen in dem Buch."

Anna lehnt sich zurück. „Kann ich noch einen Tee haben?"

Ich gieße ihr ein.

„Danke. Und der Anfang?"

„Wie kommst Du auf den Anfang?"

„Du sagtest doch, Du hättest jede Menge Anfänge oder so ähnlich."

„Ach so, fertig ausformuliert ist der noch nicht."

„Aber eine Vorstellung hast Du doch?" versetzte Anna und es klang mehr wie eine Feststellung und nicht wie eine Frage.

„Ich beginne mit einem Ausblick: Großdemonstration in Berlin, die größte seit dem Herbst 1989, vor dem Zusammenbruch der DDR. Der Bannkreis gilt nichts mehr, die demonstrierenden Massen sind bis auf wenige Meter an das Reichstagsgebäude gerückt. Die Sicherheitskräfte sind machtlos. Einerseits ist das alles natürlich illegal und total verboten. Aber was sollen sie dagegen tun? Ernsthafter Widerstand könnte in einem Blutbad enden. Es erschallt der Ruf 'Wir sind das Volk!'. In den Wochen zuvor hat sich die Lage immer weiter zugespitzt. Es gab einen Generalstreik, so etwas gab es in Deutschland noch nie. Bald würden erste Politiker und Wirtschaftsbonzen an den Laternenmasten im Regierungsviertel baumeln. Die Lage ist ernst."

„Wann ist das?"

„In zehn Jahren, 2020."

„So lange dauert das?"

„Na ja, der Druck im Kessel steigt immer mehr und irgendwann kracht es eben."

„Wünschst Du Dir das?"

„Es ist eigenartig. Ich fürchte es aber irgendwie wünsche ich es mir auch. Wahrscheinlich aus Neugier, was dann passiert." Es ist komisch, ich habe so viele Anfänge von Romanen. Aber nach ein paar Seiten geht mir die Puste aus, da fällt mir nichts mehr ein. Mache ich irgendwas falsch? So viele Romananfänge, aus denen nichts geworden ist. Sind sie alle Totgeburten? Zu schwach zum Leben? Mein Wunsch, einen Roman zu schreiben, entzieht sich mir immer wieder.

„Und wie soll die Geschichte weitergehen?"

„Da bin ich mir noch nicht ganz sicher", stammele ich. „Der Protagonist ist erst ganz unten, wird immer nur ausgenutzt und verarscht. Doch die gesellschaftlichen Umwälzungen spülen ihn ganz nach oben. Irgendwann begegnet er dem Antagonisten und es entwickelt sich ein Kampf zwischen gut und böse. Wie das endet, weiß ich noch nicht."

„Gibt es ein Happy End?"

„Nein, das wäre wohl zu platt für einen gesellschaftskritischen Roman. Der Leser soll sich am Ende auch nicht entspannt zurücklehnen und den Roman zufrieden zur Seite legen. Nein! Ganz im Gegenteil. Er soll zutiefst verstört dasitzen und noch tagelang über den Roman nachdenken. Das Buch soll etwas in ihm auslösen, ihm einen Faustschlag auf den Kopf versetzen, wie Franz Kafka einmal gesagt hat."

So genau weiß ich auch nicht, wie der Roman weitergehen soll. Es ist eine große Leere. Wie so oft. Gesellschaftliche Probleme – das kann vieles sein. Zum Beispiel die allgemeine Akzeptanz der Heterosexualität, was genau erörtert werden muß. Soviel Zeit muß sein. So endet wieder einer von meinen Romananfängen. Aber die Leute wollen keine Höchstleistungen. Sie wollen sagen können: „Das hätte ich auch gekonnt!!" Sie wollen das Gewöhnliche, nicht das Besondere, das Abgeschmackte, nicht das Feine.

Der bevostehende Zusammenbruch der Europäischen Währungsunion hat etwas mit meinem ersten Thema zu tun, den gesellschaftlichen Umwälzungen. Die Verarmung weiter Teile der Bevölkerung hat ja immerhin etwas mit diesem verdammten Euro zu tun, diesem Falschgeld, das gegen den Willen von schätzungsweise 90 % der Wähler eingeführt wurde. Die Folgen sind heute spärbar. Oh, ich hoffe, dass dieser korrupte Laden bald auseinanderfliegt. Und was kommt dann? Wenn ich das nur wüßte. Darüber könnte man fast schon einen eigenen Roman schreiben. Ich habe es immer so mit den Anfängen. Muß ich mit erst mal warmlaufen warmschreiben? Warum komme ich nie über den Anfang hinaus? Nach ein paar DIN-A4 Seiten ist immer Schluß. Als wenn der Fluß verstopft wäre. Zuerst fließen die Gedanken auf das Papier, ich komme gar nicht nach mit den schreiben. Aber dann versiegt die Quelle, nach ein paar seite, als wenn das unterirdische Reservoir schon alle wäre. Oder ist nur die Leitung verstopf? Das ist mein Problem mit Romananfängen, eben dass ich nie über den Anfang hinauskomme.

Ich frage Anna, ob wir spazierengehen und sie stimmt zu. Das Teegeschirr lassen wir einfach stehen. Während wir gemeinsam die Treppe runtergehen, denke ich darüber nach ob es ein Fehler war mit dem Spazierengehen. Meine Chance auf Sex habe ich mir damit wohl vermasselt, falls es überhaupt eine gab.

Wir treten aus der Haustür und gehen an den anderen Eingängen vorbei in Richtung Breitensteinweg. Vor einer Tür stehen Müllsäcke. Es ist keine besonders gute Wohngegend, denke ich. Die Wohnung macht erheblich mehr her als die äußere Umgebung ahnen läßt.

Auf dem Weg in Richtung der Bushaltestelle Windsteiner Weg kommen wir an schicken Eigentumswohnungen vorbei. Werbetafeln preisen den Grünen Süden Zehlendorfs. In der Tat sind wir hier im äußersten südlichen Zipfel Berlins. Es sind nur wenige Fußminuten bis nach Kleinmachnow, einer Gemeinde jenseits der Landesgrenze, in Brandenburg. Am Windsteiner Weg angelangt, überqueren wir die Fahrbahn und gehen durch ein Waldstück in Richtung Kleinmachnow.

Der Gedanke läßt mich nicht los: Was soll das Thema meines Romans sein? Wann komme ich je über diese verdammten Anfänge hinaus? Wird er autobiographische Züge tragen? Wieviel gebe ich von mir preis, wieweit entblöße ich mich? Kann ich die Tatsache verarbeiten, dass ich mich schon zu oft als Opfer gefühlt habe in allen möglichen Situationen? Wie und warum komme ich überhaupt immer wieder in solche Zwangslagen? Was mache ich denn falsch? Kann ich etwas richtiger machen? Warum springe ich immer wieder im Tempus? Jetzt schreibe ich im Präsens, aber warum rutsche ich immer wieder in die

Vergangenheit? Anna läuft die ganze Zeit schweigend neben mir her.

Ich habe noch gar nicht von der Verbindung erzählt, diesem Schwachsinn. Wenn ich es doch nur gelassen hätte.

„Warum hast Du das nur gemacht?", fragt Anna.

„Ich habe mir berufliche Vorteile versproche. Und außerdem war ich zu dieser Zeit in so einem Karate-Verein und bin mit den Leuten nicht mehr klargekommen. Da habe ich etwas Neues gesucht."

Ist es denn ein Wunder, dass ich in jeder Gemeinschaft scheitere, in die ich hineinkomme? Jedesmal suche ich nur nach einer Notlösung, niemals mache ich etwas aus Überzeugung. Ja, ständig bin ich auf der Suche, aber niemals finde ich das was ich brauche. Je mehr ich mich fokussiere auf etwas vermeintlich Gutes, desto mehr verschwimmt es. Allein durch das genaue Beobachten beeinflußt man das Geschehen, nur zu oft zum negativen.

Wir kommen an eine stark befahrene Straße und orientieren uns nach links. Ein gelbes Schild mit dem durchgestrichenen Wort „Berlin" signalisiert das Überqueren der Landesgrenze. Vor zwanzig Jahren war hier noch die Zonengrenze, die Grenze zwischen zwei Systemen.

Angeblich ist das Leben jedes Menschen einen Roman wert, taugt als Stoff für einen Roman. Wer sich diesen Unsinn wohl ausgedacht hat? Die Lust an meinem „Romanprojekt" verläßt mich immer mehr. Es kann eben nicht jeder einen Roman schreiben.

Ein alter Mann kommt uns entgegen und macht keine Anstalten, auch nur einen Millimeter zur Seite zu gehen. Ich weiche aus, indem ich hinter Anna gehe, um einen Zusammenstoß zu vermeiden. Sein grießgrämiges Gesicht verrät, dass er nicht viel Freude im Leben hat. Auch dies ist eine Folge unserer sozialen Realität, der Verarmung immer weiterer Bevölkerungskreise.

Aber geht es mir denn besser? Ich habe keinen Grund, mich ihm überlegen zu fühlen. Wir kommen an eine Kreuzung, Jugendliche sitzen vor einem Geschäft herum und trinken Bier. Ist dies Verwahrlosung oder normales Verhalten während der „Flegeljahre"? Vor zehn Jahren sahen manche Jugendliche genau so aus wie diese hier. War da alles anders?

In meinem Leben habe ich schon vieles versucht und bin gescheitert. Es ist, als wenn jede neue Handlung den Keim des Scheiterns bereits in sich trüge. Dies werde ich nicht ändern, indem ich mich immer wieder auf das Scheitern konzentriere. In Vorstellungsgesprächen ziehe ich immer wieder eine Show ab und scheitere damit. Ich bin eben nicht authentisch, das merke ich selber. Diese Idiotie, dass man sich dafür rechtfertigen muß, dass man diesen Job will.

„Warum haben Sie sich bei uns beworben?"

„Weil ich das Geld brauche, verdammt noch mal", wäre die richtige Antwort. Damit sollte ich es mal versuchen. Bin gespannt auf das Ergebnis. Zur Zeit bin ich im öffentlichen Dienst angestellt. Hört sich gut an. Ist aber nur Vertretung wegen Krankheit, Schwangerschaft, Elternzeit oder so was. Manche Menschen können sich diesen Luxus erlauben. Eine andere Welt. Ach, mein Schreiben wird wieder zum Rinnsal. Ich presse noch die letzten Tropfen heraus und dann ist schon wieder Schluß.

Rache

„Entschuldigung", sagte ich.

Der Mann auf dem Sitz neben mir sah mich von oben herab an. Er hatte eine Glatze und Falten im Gesicht. Ende Vierzig ungefähr.

„Was gibt es denn?"

„Ich fühle mich hier etwas beengt. Könnten Sie mir etwas mehr Platz lassen?", sagte ich betont freundlich.

„Ach ja? Schauen Sie doch mal, wie Sie hier sitzen. So breitbeinig."

„Ich sitze hier ganz normal. Außerdem war ich zuerst hier." Dabei verstärkte ich den Druck mit meinem Ellenbogen.

„Woll'n Sie Ärger?" Seine Stimme wurde lauter. Mit soviel Widerstand hatte er wohl nicht gerechnet.

„Wollen Sie mir drohen?" Ich versuchte meine Stimme möglichst fest klingen zu lassen.

„Nein. Wollen Sie *mir* drohen?"

Die Situation war festgefahren. Keiner wollte nachgeben. Ich tastete nach dem Pfefferspray in meiner Brusttasche aber ließ es dann stecken. Hier im Bus hätte ich es sowieso nicht einsetzen können.

„Ich hole gleich die Polizei", sagte ich.

„Tun Sie das." Er schon Ellenbogen und Oberschenkel weiter zu mir. Eine Provokation!

„Hallo Fahrer! Es gibt hier ein Problem."

„Ja, Ja", kam von vorne.

Mein Feind sah mich triumphierend an.

Am liebsten hätte ich ihn umgebracht. Ich schrie aus Leibeskräften: „Lassen Sie mich endlich in Ruhe! Hören Sie auf, mich zu belästigen!"

„Haben Sie einen Dachschaden?", fragte er genüsslich. Er kostete das Ganze so richtig aus.

„Bitte tun Sie mir nichts!", rief eine Frau an mich gewandt. Die anderen Fahrgäste kapierten gar nichts. Wie immer waren alle gegen mich.

Ich fühlte mich wie gelähmt. Ohnmächtige Wut. Mordswut. Aber ich beherrschte mich. Einen Zweikampf hätte ich verloren. Er war größer als ich.

Ich stand auf. Er hatte gewonnen. „Lass mich durch, du Arschloch!" Ohne zu warten, bis er Platz machte, ging ich an ihm vorbei und achtete darauf, ihm auf die Füße zu treten.

Ich nahm auf der anderen Seite des Mittelganges Platz. Der Typ gegenüber grinste mich dämlich an. Am liebsten hätte ich ihm eine reingehauen.

„Wir regeln das draußen", sagte der Glatzkopf.

Wieder dachte ich an mein Pfefferspray. Aber welches? Ich hatte einmal Sprühnebel für kurze Entfernungen. Für draußen taugte das aber nichts. Dann der ballistische Strahl. Reichweite sechs Meter. Damit kann man auf den Angreifer 'schießen', aber man muss auch treffen. Außerdem konischer Breitstrahl – ein Kompromiss.

Dann gab es die Möglichkeit, die Polizei zu rufen. Denn das war eine Drohung. Verdammt! Ich hatte mehrere Optionen, aber konnte mich für keine entscheiden. Das Ergebnis war Starre. Ich saß da wie doof und wusste nicht, was ich tun sollte.

Endstation. Wir mussten alle aussteigen. Er achtete darauf, dass er vor mir ausstieg. Ein paar Meter vom Bus entfernt drehte er sich plötzlich um. Unsere Blicke trafen sich. Meine Lippen formten ein Wort.

Er stieß mich mit der Hand vor die Brust. Ich taumelte zurück. Die Stelle schmerzte.

Jetzt war die Entscheidung gefallen. Ich zückte mein Handy. Endlich Klarheit. Während ich ihm folgte überlegte ich, mit welchen Worten ich dem Polizisten am anderen Ende den Vorfall schildern sollte.

Ich überlegte mir immer alles vorher.

Der Glatzenmann war etwa drei Meter vor mir. Plötzlich drehte er sich um und kam in großen Schritten auf mich zu. Ich wich zurück. Er durfte mir auf keinen Fall das Handy aus der Hand schlagen.

„Noch ein Ding und ich polier' dir die Fresse", sagte er laut und vernehmlich.

Ich stand da wie gelähmt. Er grinste hämisch und ging weg. Ich sah ihn in eine Straßenbahn steigen.

Da war kurz dieser Impuls, hinterherzulaufen, ihm in den Rücken zu springen damit er stürzte und dann solange gegen den Kopf, bis nur noch eine blutige Masse daliegt. Ich malte mir das in den buntesten Farben aus.

Im selben Moment malte ich mir auch die Konsequenzen aus: Anrücken der Polizei mit Blaulicht, Festnahme, Vernehmung. „Wollen Sie jemanden anrufen?" Dann ab in die Zelle.

Also tat ich nichts.

Das nennt man wohl 'funktionierende Impulskontrolle'. Ich kannte das aus dem Fernsehen. Wie man sich dabei fühlt, sagen die aber nicht.

Ich stand immer noch mit dem Mobiltelefon in der Hand da. 'Wenn ich dem nochmal begegne...', schwor ich mir.

Drei Tage später habe ich den Vorfall bei der Polizei angezeigt. 'Einfache Körperverletzung' nannten die das.

Nach zwei Wochen kam ein Schreiben von der Polizei. Die Ermittlungen waren eingestellt worden.

Es konnte kein Täter gefunden werden. Der Brief endete mit „Hochachtungsvoll! Meier, POM".

Psyche

Ich saß bei meiner Psychologin im Behandlungszimmer. Der Vorfall war nun drei Wochen her. Frau Schnuke lächelte mich freundlich an, wie sie das immer tat.

„Wie geht es Ihnen, Herr Dr. Grünwald?", eröffnete sie die heutige Therapiesitzung.

Ich rutschte auf der Sitzfläche herum und lehnte mich dann zurück in den Sessel. Die Beine übereinandergeschlagen. Mit so offenen Fragen tat ich mich immer schwer.

„Geht so. Eigentlich wie immer. Mehr oder weniger."

Sie nickte. „Haben Sie etwas mitgebracht, was Sie heute besprechen wollen?"

Ich atmete scharf aus. Da war was.

„Es gab da einen unschönen Vorfall. Vor etwa drei Wochen."

„Erzählen Sie bitte genau, was passiert ist!" Sie schaute mich aufmerksam aus ihren grauen Augen an. Volle Konzentration.

Ich setzte mich nochmal zurecht. Nachdem ich die optimale Sitzposition gefunden hatte, begann ich: „Also, ich saß im Bus und fuhr in die Stadt..."

An mehren Stellen schnaubte ich und bewegte mich unkontrolliert in meinem Sessel. Mich wühlte das Geschehene immer noch auf.

Nachdem ich geendet hatte, gab es eine kurze Pause.

„Zunächst mal finde ich es gaanz toll", sagte Frau Schnuke, sie dehnte das a immer so, „dass Sie so vernünftig reagiert haben."

Nach meinem Gefühl hätte ich ihm lieber das Gesicht zu Brei getreten. Aber dann würde ich jetzt mit einer Psychologin in der Justizvollzugsanstalt sprechen. Also hatte sie recht mit ihrem Lob.

„Objektiv gesehen haben Sie Recht." Ich blickte gequält. „Aber ich fühle mich absolut schlecht dabei. Der Typ hat mich gedemütigt. Ich würde mich besser fühlen, wenn ich ihn umgebracht hätte."

„Sie wissen doch, was für Konsequenzen das hätte."

Natürlich wusste ich.

„Also", sie setzte sich kerzengerade auf und hielt ihre Handflächen parallel zueinander. „Ich schlage vor, dass wir das Ganze nochmal durchgehen und analysieren. Dabei werden wir Handlungsalternativen entwickeln, mit denen Sie besser aus einer solchen Geschichte rauskommen können. Ein paar davon haben Sie bereits angedeutet. Sind Sie mit diesem Vorgehen einverstanden?"

Ich war es.

„Beginnen wir ganz am Anfang." Sie blickte in ihre Notizen. „Hätten Sie sich nicht einfach wegsetzen können?"

Ich schnaufte. „Natürlich hätte ich. Aber ist es denn richtig, immer klein beizugeben? Ich kann doch nicht immer davonlaufen, wenn es Konflikte gibt."

„Das sollen Sie auch nicht, Herr Grünwald. Wenn es wirklich um etwas geht, müssen Sie standhaft sein und notfalls kämpfen."

Sie sah die Verwunderung in meinem Blick.

„Mit Worten. Keine Prügelei!", präzisierte sie. „Aber zurück zum konkreten Vorgang: War das wirklich wichtig?"

„Nein. Nicht wirklich." Ich blickte verschämt auf den Boden.

„Wenn so etwas nochmal passiert: Wären sie dann in der Lage, einfach wegzugehen und Ihren Kontrahenten stehen bzw. sitzen zu lassen?"

Ich legte meine Fingerspitzen aneinander und blickte an die Decke, als wenn da die Antwort stünde. „Das kommt auf die Situation an", sagte ich nach kurzem Überlegen. „Natürlich wäre das vernünftig. Aber ich weiß nicht, ob ich das in einer konkreten Situation wirklich so hinkriege. Da ist einfach diese Wut."

Sie machte sich eifrig Notizen.

„In welchen Situationen überkommt Sie diese Wut?"

„Immer wenn ich mich ungerecht behandelt fühle. Wenn mir Leute zu dicht auf die Pelle rücken oder mir sonst auf die Nerven gehen. Wenn ich jemandem sage, er soll mich in Ruhe lassen, dann hat das unverzüglich zu geschehen."

Sie legte ihren Stift auf den Klemmhefter und sah mich scharf an. „Wut ist erstmal nichts Negatives. Sie zeigt uns, dass wir mit einer Situation absolut unzufrieden sind und dass wir den unbedingten Willen haben, sie zu ändern. Wut ist psychische Energie, die nicht weiß wo sie hin soll. Wie in einem Dampfkessel. Und deshalb müssen wir mit Ihrer Wut arbeiten. Wir müssen diese gewaltige Energie in sinnvolle, sozialverträgliche Bahnen lenken."

Ich hatte aufmerksam zugehört. „Und wenn wir das nicht tun, explodiert der Kessel irgendwann."

„Exakt." Sie lächelte. Ich war ihr gelehriger Schüler.

„Wie kann ich jemandem klar machen, dass er mich einfach in Ruhe lassen und verschwinden soll? Sozialverträglich."

„Höflich aber bestimmt ist immer die beste Methode. Wer rumschreit zeigt nur, dass er völlig die Kontrolle über die Situation verloren hat. Und wenn sie jemand hartnäckig bedrängt oder sogar bedroht, dann holen Sie die Polizei!"

Ich nickte zustimmend.

„Warum haben Sie in dem konkreten Fall eigentlich nicht die Polizei geholt? Sie hatten Ihr Handy doch schon in der Hand."

„Ich … weiß es nicht so genau. Es war so ..." Ich sortierte meine Gedanken. „Ich habe überlegt, was ich tun soll. Es gab mehrere Optionen ..."

„Aber die einzig *realistische* Option war doch wohl, die Polizei zu holen", unterbrach sie mich. In ihrer Stimme lag ein gewisser Tadel.

„Ja natürlich. Aber dann war da noch so eine Schockstarre. Ich stand wie angewurzelt. Außerdem hätte ich Zeugen gebraucht. Und es hat ja niemand zu mir gehalten."

„Aber ein paar Tage später haben Sie dann doch Anzeige erstattet."

„Ja. Das war aber auch irgendwie für mich. Um das Ganze zu verarbeiten."

„So wie jetzt?"

„So ähnlich."

„Dann hatten Sie also keine Hoffnung, dass die Polizei den Täter findet?"

„Na gut, es gibt Kameraaufzeichnungen aus dem Bus. Und Funkzellenabfrage. Da schaut die Polizei einfach, welche Handys gerade in dem Gebiet angemeldet waren. Aber ganz realistisch: Große Hoffnungen hatte ich nicht."

„Was würden Sie tun, wenn Sie dem Täter zufällig wiederbegegnen?"

„Ich hoffe, dass ich vernünftig bleibe und die Polizei anrufe. Dann werden die Ermittlungen wieder aufgenommen."

„Sie hoffen …?"

„Wie ich schon sagte: Ganz sicher kann ich da nie sein. Wenn diese entsetzliche Wut in mir hochkommt ..."

„Ich möchte noch einmal auf Ihre Gewaltphantasien zu sprechen kommen. Treten die spontan auf oder nur zu bestimmten Anlässen?"

„Eigentlich beides. Manchmal schweifen meine Gedanken. Wenn ich dann an so eine demütigende Erfahrung denke, werde ich auf einmal schrecklich wütend. Dann springe ich auf und laufe wie von der Tarantel gestochen umher. Muss ziemlich blöd aussehen." Ich deutete ein Lächeln an. „Aber natürlich können auch äußere Anlässe Gewaltphantasien auslösen. Zum Beispiel entsprechende Szenen im Fernsehen. Wenn jemand gedemütigt wird ..."

„... dann identifizieren Sie sich mit dem Opfer?"

„Ja. In der Regel schon."

Sie schrieb wieder. Die Zeit war vorgerückt.

„Gut." Sie legte den Stift weg. „Fassen wir mal zusammen: Erstens: Man kann konfliktträchtige Situationen entschärfen, indem man einfach weggeht. Damit zeigt man dem Gegner seine Geringschätzung und macht zugleich klar, dass man sich nicht provozieren lässt."

Sie schaute mich eindringend an wie um zu prüfen, ob die Lektion auch sitzt.

Ich nickte.

„Zweitens", fuhr sie fort. „Wenn eine Auseinandersetzung nicht zu vermeiden ist, bleiben sie ruhig und gelassen! Wenn möglich suchen Sie sich Verbündete. Bleiben Sie vor allem ruhig! Die Frau, von der sie erzählten, hatte wahrscheinlich einfach Angst. Es war nicht böse gemeint."

„Okay ..."

„Und drittens: Wenn alle Lösungsstrategien versagen, rufen Sie die Polizei! Lassen Sie sich nicht zu Drohungen oder gar zur Anwendung von Gewalt hinreißen! Das kann böse Folgen haben, wie sie wissen. Sie schaden sich damit nur selbst."

Ich hatte mir die Punkte in mein Moleskine-Notizbuch notiert.

„Gibt es Ihrerseits noch Fragen, Herr Dr. Grünwald?"

Ich verneinte.

„Haben wir schon einen neuen Termin?" Sie schaute in ihren Kalender. „Ja. Wir sehen uns wieder am 19. Juli."

Wir standen beide auf. An der Tür des Behandlungszimmers streckte sie mir die Hand entgegen. Ich ergriff sie.

„Herr Dr. Grünwald, ich wünsche Ihnen noch eine schöne Zeit. Bis zum nächsten Termin. Auf Wiedersehen!"

„Auch Ihnen eine schöne Zeit, Frau Schnuke!"

„Dankeschön!"

Damit verließ ich die Praxis.

Und ging noch ein wenig in der Stadt Bummeln.

Freya

Ich fuhr mit der Straßenbahn in die Stadt. Mir gegenüber saß ein Mädchen. Hatte sie die ganze Zeit gelächelt? Jedenfalls fiel es mir erst jetzt auf.

Sie lächelte mich direkt an.

Glatte schwarze, schulterlange Haare, gut entwickelte Brüste, ein süßer runder Po und insgesamt nicht zu schlank aber auch nicht zu mollig. Nach der Sitzgröße etwa einsfünfundsechzig. Ich schätzte sie auf sechzehn bis achtzehn Jahre.

Genau mein Typ.

Ich lächelte zurück.

„Das sieht lustig aus, mit Ihrer Jacke und der Kapuze." Ich hörte gleich, dass es wirklich nett gemeint war. So was hört man. Ich trug meine Lederjacke und darunter ein Sweatshirt mit Kapuze und Reißverschluss vorne. Beides offen. Es war ein warmer Spätsommertag. Eigentlich war ich zu dick angezogen. Aber das Wetter war so unbeständig. Ich wollte wie immer auf alles vorbereitet sein.

„Ich laufe immer so lustig rum", sagte ich und sie lachte.

Ein süßes Lachen.

„Steigst du auch aus?"

„Ja."

„Gehen wir ein Stück zusammen?"

„Okay, aber ich muss in Richtung Burgplatz."

„Gut. Ich auch."

Ich wäre ihr auch zum Nordpol gefolgt.

Die Bahn hielt, wir standen auf. Ich ging dicht hinter ihr und sog ihren Duft ein. Er betörte mich. Auf dem Weg zum Burgplatz klärten wir die üblichen Fragen. Sie hieß Freya. Der Name gefiel mir sofort. Nicht eine von diesen Cindies und Nancies, die überall rumlaufen. Sie war sechzehn und ging auf eine berufsbildende Schule. In ihrer Freizeit malte und schrieb sie. Ich erzählte Ihr, dass ich Nachhilfelehrer sei und auf dem Weg zu einem Schüler.

„Soll ich dir ein paar von meinen Bildern zeigen?"

„O Ja. Gerne!", sagte ich begeistert. „Setzen wir uns auf die Bank da vorne?"

Wir setzten uns auf die Bank unter der Linde.

Ich rückte so dicht an sie ran, wie es sich eben noch schickte. Am liebsten hätte ich meinen Arm um ihre Schultern gelegt. Kurz meinte ich zu spüren, dass sie genau dies von mir erwartete. Bestimmt nur Einbildung.

Ich tat es natürlich nicht.

Sie holte eine Mappe aus ihrer Umhängetasche. Hatte sie die immer dabei?

„Das sind Figuren aus meinen Geschichten."

Sie erzählte etwas über die dargestellten Charaktere. Die Zeichnungen waren wirklich gut. Ich konnte sie ehrlich loben.

„Du kannst aber wirklich gut zeichnen. Und was für Geschichten schreibst du?"

„Kurzgeschichten. Manche davon stehen im Internet."

Wir blätterten noch ein wenig in ihren Zeichnungen und sprachen über einzelne Figuren. Ich nahm die Gelegenheit wahr, mich zu ihr zu neigen. Ich spürte ihre Wärme. Und wieder dieser Duft...

„Du, ich muss jetzt weiter", sagte sie plötzlich.

Es klang absolut ehrlich und fast ein wenig bedauernd. Sie wollte mich nicht abwimmeln.

„Wollen wir Email oder Handynummer austauschen?"

„Okay, E-Mail."

Ich hielt ihr mein Notizbuch hin. „Schreibst du mir auch auf, wo ich deine Geschichten finden kann?"

Sie schrieb ihren vollen Namen, also Vor- und Nachname, Email (von ihrer Schule) und die Internetadresse in mein Buch. Ich riss eine leere Seite raus und gab ihr Email und Telefon von mir.

„Und wo gehst du jetzt hin?"

Sie musste oder wollte zu irgendeiner Jugendberatungsstelle direkt hier am Platz.

Wir verabschiedeten uns. Ich überlegte, meine Arme zu öffnen, aber entschied mich dagegen. Nur nicht zu schnell am Anfang!

Gut gelaunt ging ich meines Weges und fuhr ich mit dem Bus zu meinem Schüler.

Dieses Mädchen würde ich wiedersehen. Da war ich mir ganz sicher.

Nachhilfe

Meine Schüler taten mir gut. Sie behandelten mich immer respektvoll. Die meisten waren wirklich dankbar für die Hilfe, die ich ihnen zukommen ließ. Und ihre Eltern bezahlten mich auch noch dafür.

Ich klingelte bei der Familie Kleindienst. Sofort ertönte der Summer und Jan stand hinter der Tür. Als hätte er genau da auf mich gewartet. Dabei war sein Zimmer doch ganz oben, direkt unter dem Dach.

Beim Eintreten gab ich ihm die Hand. „Hallo Jan."

„Hallo Anton." Wir duzten uns.

Während ich mir die Schuhe auszog, erzählte er mir vom Geschichtsunterricht, den er total langweilig fand. Thema war der Nationalsozialismus und der Lehrer musste es wirklich schlecht rüberbringen, dachte ich bei mir. Denn es war ja eigentlich interessant. Oder war es einfach der Überdruss?

Als wir die Treppe hochstiegen, ging Jan mir voran. Wie immer trug er diese schlabberige Jogginghose und den Kapuzenpulli. Beides in Dunkelblau. Das trug er immer. Musste doch viel zu warm sein jetzt im Sommer. Ich hatte ihn noch nie im T-Shirt gesehen.

Sein Zimmer war wie gewohnt unaufgeräumt. Ein Jungs-Zimmer eben. Auf dem Sofa lagen ein paar Klamotten. Ein Fenster war offen und es zog leicht. Angenehm. Auf dem Sofatisch lag ein Roman von Steven King. Ich verzieh ihm das.

Wir setzten uns nebeneinander an den Schreibtisch. Jan hatte eine Art Chefsessel, in dem man sich so richtig zurücklehnen konnte, ich bekam einen Holzstuhl. Er roch ein wenig streng. Das lag wohl an dem viel zu warmen Kapuzenpulli. Ob er den nur wegen mir anhatte? Außerdem duschte er immer abends vor dem Zubettgehen. Und mit der Pubertät hatte dieser Männergeruch wohl auch zu tun. Jan war sechzehn und ging in die zehnte Klasse eines Gymnasiums.

„Was liegt heute an?", fragte ich und versuchte dabei möglichst forsch zu klingen. Ein Nachhilfelehrer ist immer auch ein Motivationstrainer. Und dieser wirklich nette Junge – ich mochte ihn – hatte den Fehler, dass er sehr faul war.

„Wir haben in Mathe ein neues Thema angefangen: Trigonometrie. Und ich verstehe überhaupt nichts. Ich würde mit dir erstmal gerne die Hausaufgaben machen, wenn das okay ist."

Natürlich war das okay. „Zeig mir mal, was du auf hast."

Er schlug sein Mathebuch auf. „Aufgabe zwei und drei."

Ich begann, Aufgabe zwei zu erklären. Es ging um eine Anwendung der Sinus-Funktion.

„Oh nein! Das ist viel zu kompliziert", unterbrach mich Jan.

Ich strich ihm über den Rücken, wobei meine Hand sehr weit nach unten glitt und ich ihm zum Abschluss leicht um die Hüfte fasste. Das beruhigte ihn, wie ich durch wiederholte Versuche festgestellt hatte.

„Was ist denn so kompliziert?" Jetzt wollte ich versöhnlich klingen.

„Na, alles. Erklär' es doch mal einfacher."

Ich erklärte es einfacher. Meine Hand war wieder an ihrem üblichen Platz. Nachdem wir mit den Hausaufgaben fertig waren, wollte ich nochmal den Unterrichtsstoff durchgehen.

„Hat das nicht bis zum nächsten Mal Zeit?"

Es war zum Verzweifeln. „Jan! Beim nächsten Mal ist wieder etwas anderes dran. Du hast immer noch die Fünf in Chemie. Lass es uns doch jetzt machen!" Ich mochte ihn einfach.

Wir gingen die Winkelfunktionen durch – was bisher dran war. Mein Schützling hörte konzentriert zu und stellte die richtigen Fragen. Das machte mich stolz.

Die Nachhilfestunde war mal wieder viel zu schnell vorbei. Fand ich zumindest. Ob Jan das auch so sah? Er gab mir dreißig Euro. Sie waren unter dem Horror-Roman versteckt gewesen.

„Danke, Jan."

„Ich habe zu danken."

Ein wohl erzogener Junge!

„Nächste Woche sehen wir uns wieder?" Am Ende hob ich die Stimme, um eine Bestätigung zu bekommen.

„Auf jeden Fall. Wir müssen Chemie üben."

Da waren wir absolut einer Meinung.

An der Haustür sagten wir „Tschüs". Ich schob ein „Mach's gut!" hinterher, weil es so verbindlich klingt, fast zärtlich.

Ein kleines Bisschen, dachte ich, *bin ich doch auch sein Freund.*

Zufrieden schlenderte ich zur Bushaltestelle.

Hoffnungen

Ein paar Tage später ging ich in einem Waldstück am Stadtrand spazieren. Es war ein schöner Spätsommertag, den ich einfach ausnutzen musste. Ein laues Lüftchen wehte und die Bäume hatten die ersten bunten Blätter.

Als freiberuflicher Nachhilfelehrer konnte ich es mir erlauben, vormittags zu gehen. Da waren nicht so viele Leute im Wald. Außerdem war für nachmittags Regen angesagt. Ein paar Wolken waren in der Ferne schon zu sehen. Aber noch schien die Sonne.

Vormittags in den Wald gehen – diesen Luxus würde ich mir nicht mehr lange erlauben können. Ich lächelte zufrieden. Gestern war ein Anruf gekommen; von einem Schulleiter, der eine Vertretungslehrkraft suchte. 'Na, wer sagt es denn?', frohlockte in innerlich. Das war meine Chance. So lange hatte ich mich beworben. Bundesweit. Und nun bot man mir eine Stelle hier in meiner Heimatstadt. Anfang November sollte es losgehen. Ach ja, das Leben konnte doch schön sein.

Ich bog auf einen Trampelpfad ein. Wahrscheinlich verboten, dachte ich. Hier war ja ein Naturschutzgebiet. Aber zu so früher Stunde würden wohl keine Ranger hier sein und ich machte bestimmt nichts kaputt. Am Wegesrand standen Pilze; es ging früh los in diesem Jahr. Ein Fliegenpilz! Ich hatte mal gelesen, dass man den als Rauschdroge verwenden kann. Deshalb gilt er als Glücksbringer. Er wuchs unter einer Birke. Ja, Fliegenpilze wachsen unter Birken. Sie gehen eine Symbiose ein. Pilz und Baum. Das Ergebnis: Mykorrhiza.

Ich stellte mir vor, wie ich mit meinen künftigen Schülern einen Ausflug unternehmen würde, eine Exkursion. Sie würden im Kreis um mich herumstehen, während ich ihnen die Zusammenhänge in der Natur erkläre. Fliegenpilze stehen auch im Kreis. Das nennt man einen Hexenring.

Ich kam wieder auf einen ausgebauten Waldweg. Ein älteres Paar kam von rechts. Der Mann zog den Hut vor mir, die Frau sagte so etwas wie „Guten Tag". Ich grüßte ebenfalls und ging in gebotenem Abstand an ihnen vorbei.

So etwas kam öfter vor, wenn ich guter Laune und in Gedanken war. dass fremde Leute mich grüßten, meine ich. Meine Lippen bewegten sich unwillkürlich – ich erklärte gerade, was ein Hexenring ist – und mein Gesichtsausdruck war insgesamt freundlich. Die Leute dachten dann, ich würde sie grüßen und grüßten entsprechend zurück.

Nach und nach bekam ich mein Leben auf die Reihe. Das war auch höchste Zeit mit meinen achtunddreißig Jahren. Ich war noch nicht zu alt, um verbeamtet zu werden. So weit dachte ich schon. Die paar Schritte bis dahin würde ich auch noch schaffen. Wenn dann das nächste Mal eine junge Frau nach meiner beruflichen Tätigkeit fragen würde, wie vor ein paar Wochen in der Sauna, dann würde ich mit stolzgeschwellter Brust sagen können, dass ich Lehrer sei. Ja, verbeamtet. So jemand ist ein Heiratskandidat. Als ich Rieke, so hieß das Mädchen, von meiner frei-beruflichen Tätigkeit erzählt hatte, ließ ihr Interesse deutlich nach. Ob man davon leben könne, hatte sie noch gefragt.

Beim nächsten Mal würde das ganz anders laufen. Wenn so ein Mädchen erstmal wusste, dass es einen Studienrat an der Angel hatte, ging das Werben doch erst richtig los. Wer konnte soviel Sicherheit heute noch bieten? Und dazu noch ein so hohes Einkommen! Ich war jetzt voll im Geschäft. Und noch fühlte ich mich jung genug, um eine Familie zu gründen. Würde ich Rieke nochmal sehen? Sie kam als Braut in Frage. Aber vorher musste ich sie genau unter die Lupe nehmen.

Es war gegen Mittag; der Appetit machte sich bemerkbar. Das musste die frische Luft sein. Ich entschied, in *Schäfer's Rast* zu essen, einem Ausflugslokal. Bis dahin war es noch etwa eine viertel Stunde. Genau richtig. Ob es bereits Pilzgerichte gab? Wenn schon Pilze, dann mussten sie von hier sein. Darauf legte ich Wert.

Als ich das Lokal erreichte, hatte sich der Himmel bedenklich zugezogen. Sollte ich trotzdem draußen sitzen? Ich entschied mich für den Platz unter der Kastanie; es würde schon gut gehen. Ein paar Tische weiter saß ein einsamer Wanderer.

„Guten Tag!" Die junge blonde Serviererin, ich schätzte sie auf Anfang Zwanzig, überreichte mir mit einem zuckersüßen Lächeln die Karte. Ich grüßte und lächelte zurück. Ein hübsches Mädchen!

„Darf es schon etwas zu trinken sein?"

„Ein dunkles Bier!", erwiderte ich. „Ein großes bitte."

„Gerne."

Während ich die Karte studierte, beobachtete ich sie ein wenig. Neue Gäste waren gekommen. Ich bestellte Hirschgulasch mit Rotkohl, Preißelbeerbirne und Pfifferlingen. Dazu Bratkartoffeln. So ließ es sich leben.

Ich trank von meinem Bier. Köstlich!

Das Essen kam. Schneller als ich dachte.

„Guten Appetit!"

„Dankeschön!" Sonst sagte ich nur Danke.

Ich begann zu essen. Das Fleisch war so zart, dass es mir auf der Zunge zerging und hinterließ einen herben Nachgeschmack. Wie man es bei Wild erwartet. Die Pfifferlinge waren in Butter gebraten und nur leicht gepfeffert. So natürlich mochte ich sie am liebsten. Und ganz frisch waren sie. Sogar die Bratkartoffeln waren ein Gedicht. In diesem Augenblick stimmte einfach alles und ich wollte ihn einfach nur genießen. 'Verweile doch, du bist so schön!' Ich bestellte noch ein Bier, indem ich der Kellnerin mit dem leeren Krug zuwinkte.

Es grummelte vernehmlich. Aber selbst ein Gewitter hätte mich nicht in meiner tiefen Ruhe und Zufriedenheit stören können.

„Hat es Ihnen geschmeckt?"

„Vorzüglich." Wie hätte ich etwas anderes sagen können? „Ich möchte dann auch zahlen."

„Komme sofort." Sie brachte das Geschirr weg.

Ich gab ihr ein großzügiges Trinkgeld.

„Dankeschön! Einen schönen Tag noch für Sie!"

„Ebenfalls!"

Auf dem Weg zur Bushaltestelle beschleunigten sich meine Schritte. Die ersten Tropfen fielen schon. Unbedingt nass werden wollte ich dann doch nicht.

Kurz nachdem ich in den Bus gestiegen war, begann es zu schütten. Ein Sommergewitter. Blitze krachten und man konnte vor lauter Wasser kaum durch die Scheiben sehen.

Ich fuhr nach Hause. Weitere Termine hatte ich heute nicht mehr.

Mein erster Schultag

Die letzten Wochen waren vergangen wie im Fluge. Der Oktober war golden gewesen und inzwischen war es Herbst geworden. Es war dunkel und ein kalter Wind wehte Blätter über die Straßen. Heute war mein erster Schultag, der dritte November.

Es war kurz vor halb acht, als ich das Foyer der Konrad-Adenauer-Schule, abgekürzt KAS, betrat. Ich hatte mich bewusst entschieden, so früh zu kommen. An einer neuen Wirkungsstätte brauche ich etwas Zeit, um mich mental einzufinden. Den Geist des Ortes einatmen, so nannte ich das bei mir. Die Lehranstalt war ein Zweckbau aus den frühen sechziger Jahren und in dieser Zeit ist die KAS auch gegründet worden.

Nach rechts ging es zur Pausenhalle. Ich schaute hinein und erblickte noch keinen einzigen Schüler. War wohl noch etwas zu früh. Nach links ein Gang, von dem mehrere Türen abgingen. Die Schilder verrieten Klassenzimmer. Eine Wendeltreppe führte in den ersten Stock, wo sich das Lehrerzimmer und das Büro des Direktors befanden. Nüchtern, aber doch erhaben. Unter der Treppe die Hausmeister-Loge. Unbesetzt.

„Kann ich Ihnen helfen?" Die Stimme kam von schräg hinter mir.

Ich drehte mich um. Der kleine, untersetzte Mann im blauen Kittel war unschwer als Hausmeister zu erkennen. „Mein Name ist Grünwald. Ich soll hier heute anfangen."

„Herr Doktor Grünwald!" Er strahlte förmlich. „Otte! Ich bin hier der Hausmeister." Dabei streckte er mir seine rechte Hand hin, die ich ergriff. „Sie bekommen einen Schlüsselbund von mir. Wollen wir das gleich machen?"

„Sehr gerne", erwiderte ich und klang dabei so routiniert, als wäre es für mich völlig selbstverständlich, Lehrerschlüsselbünde entgegenzunehmen. Wir gingen in die Loge, wo Herr Otte einen Stahlschrank aufschloss, einen dicken Schlüsselbund hervorholte und auf seinen Schreibtisch legte. „Das ist Ihrer. Wenn Sie hier unterschreiben würden!"

Ich quittierte den Empfang und nahm den Schlüsselbund an mich.

„Dann herzlich willkommen in unserer ehrwürdigen Bildungsanstalt!", sagte er breit grinsend. Wenn Sie eine Frage oder ein Problem haben, bin ich jederzeit für Sie da.

„Dankeschön!", sagte ich verbindlich und nickte ihm freundlich zu.

Nun war es zwanzig vor acht. Im Foyer hatten sich die ersten Schüler eingefunden. Zwei oder drei grüßten mich. Ich grüßte ebenso freundlich zurück.

„Sind Sie Herr Dr. Grünwald?", fragte ein etwa sechzehnjähriges Mädchen mit langen blonden Haaren.

„Ja", sagte ich freundlich lächelnd. „Und wer bist du?"

„Ich bin die Kira", sagte sie leicht errötetend und wickelte ein paar Haare um ihre Finger. „Aus der 10a. Wir sehen uns heute noch."

„Ja, in der dritten Stunde." Ich zwinkerte ihr zu. „Physik. Bis nachher dann." Um viertel vor acht war ich mit dem Direktor verabredet. Es war höchste Eisenbahn.

Sie blieb kurz stehen, als wollte sie noch etwas sagen. Dann wandte sie sich zum Gehen. „Okay, bis nachher."

Ich blickte ihr nach. Beim Gehen schwenkte sie ihre Hüften, die schon sehr fraulich waren, und blickte sich noch kurz nach mir um. Als unsere Blicke sich trafen, mussten wir beide lachen. Ein hübsches Mädchen. Ich mochte sie.

Ein Blick auf die Uhr über dem Eingang zur Pausenhalle holte mich aus meinen Tagträumen. Es war viertel vor acht. Vier Stufen auf einmal nehmend glitt ich die Treppe hoch. Ein paar Schritte weiter stand ich vor einem Zimmer, das mit 'Oberstudiendirektor Weichholz, Sekretariat' betitelt war. Ich klopfte.

„Herein!" Es war eine typische Sekretärinnenstimme. Irgendwie respekteinflößend.

Eine etwa fünfzigjährige Frau mit angegrautem Pagenschnitt und einem weinroten Rollkragenpullover kam hinter ihrem Schreibtisch hervor. „Guten Morgen, Herr Dr. Grünwald. Ich bin Frau Balz. Sie können gleich zu Herrn Weichholz reingehen."

„Danke." Wie oft hatte ich das heute morgen schon gesagt? Die Tür zum Direktorzimmer stand offen. Ich trat ein ohne zu klopfen.

„Guten Morgen Herr Weichholz!" Ich stand etwas verloren da und kam mir vor wie ein Siebtklässler, der etwas angestellt und nun eine Standpauke zu erwarten hatte. Ein Schuldirektor war immer noch eine besondere Autorität.

Der Direktor erhob sich von seinem Sessel und durchmaß die Raumdiagonale. Es waren ein paar Schritte, bis er vor mir stand. Er war etwa einen Kopf größer als ich und schlank. Sein Haupt schmückte eine weiße Cäsarenfrisur.

„Guten Morgen, Herr Dr. Grünwald!" Er streckte mir die Hand hin.

Ach, wie gut mir der Doktortitel gerade tat!

„Ich möchte Sie im Namen des Lehrkörpers ganz herzlich hier begrüßen und hoffe, dass Sie sich gut einleben werden." Er sah auf die Uhr. „Wir gehen gleich ins Lehrerzimmer. Dann stelle ich Sie den Kollegen vor."

Ich nickte zustimmend.

„Gibt es Ihrerseits noch Fragen?"

Ich verneinte.

„Gut. Dann wollen wir mal los. Sie haben gleich Unterricht. Ich darf vorangehen?"

Er durfte.

Das Lehrerzimmer grenzte an das Sekretariat. Es waren nur wenige Schritte. Nach dem Eintreten schloss ich die Tür hinter mir.

„Darf ich einen Moment um Ihre Aufmerksamkeit bitten!" Die sonore Stimme des Direktors erfüllte den ganzen Raum. „Ich möchte Ihnen einen neuen Kollegen vorstellen. Herr Dr. Grünwald wird uns während der Schwangerschaft von Frau Kiesling unterstützen."

Alle Blicke waren auf mich gerichtet. Nun sollte ich wohl etwas sagen.

„Ja, guten Morgen. Ich unterrichte Chemie, Physik und Biologie und vertrete Frau Kiesling."

„Seien Sie uns willkommen!", sagte ein schon etwas älterer Mann in Barbourjacke und kamelhaarfarbenem Rollkragenpullover. Wahrscheinlich Oberstudienrat. Auch die anderen in dem Raum sagten etwas Nettes und wandten sich wieder ihrer Tätigkeit zu. Alle mussten gleich in ihre Klassen. Da war keine Zeit, um jeden einzeln zu begrüßen. Mir war es auch ganz recht so. Ich hatte jetzt Physik in der 7c.

„Sie können jederzeit zu mir kommen, wenn Sie Fragen haben", hatte Herr Weichholz noch gesagt. Dann ging er zurück in seine Klause.

Ich hängte meinen Mantel an der Garderobe auf und sah in den Spiegel. Ich hatte ein lila Hemd mit weißen Streifen angezogen und darüber eine anthrazitfarbene Wollweste. Die Brille, die ich gar nicht wirklich brauchte, sollte mir etwas Lehrerhaftes verleihen. Ich betrachtete mich kurz und fand mich ganz passabel. Nun aber los!

Es klingelte schon. Die 7c war im Erdgeschoss. Treppe runter! Nur nicht zu schnell. Würde bewahren.

Vor dem Klassenzimmer liefen ein paar Kinder herum. „Da kommt er", hörte ich einen Jungen rufen. Alle stürmten in die Klasse.

Als ich den Raum betrat, saßen alle auf ihren Plätzen. Ein guter Anfang. Mit einer schwungvollen Bewegung schloss ich die Tür. Drei federnde Schritte und ich war am Lehrertisch. „Guten Morgen!", sagte ich.

„Guten Morgen, Herr Dr. Grünwald!", schallte es zurück; zwar nicht wie aus einer Kehle, aber der gute Wille war unüberhörbar. So viel Ehrerbietung war mir fast unheimlich.

„Meinen Namen kennt ihr also schon", sagte ich gut gelaunt. „Dann wisst Ihr ganz bestimmt auch, dass ich Frau Kiesling in Physik vertrete."

„Die bekommt ein Kind", rief ein Mädchen dazwischen.

„Hat man mir auch schon gesagt" gab ich zurück. 'Und beim nächsten Mal meldest Du dich!', wollte ich noch sagen, aber hielt mich im letzten Augenblick zurück. Die Kinder waren so nett.

„Was habt Ihr denn als Letztes bei Frau Kiesling durchgenommen?"

Etwa acht Finger gingen nach oben. Es war eine große Klasse, wahrscheinlich über dreißig Schüler.

„Ach ja, das habe ich ganz vergessen. Könntet Ihr Euch Namensschilder machen?"

Sofort begann allgemeines Rascheln und Stifteklappern. Ein Junge mit glatten dunkelblonden Haaren war bereits fertig. Er sah sympathisch aus. Ich stellte Blickkontakt mit ihm her und sagte: „Peter, erzähl' mal, was ihr gemacht habt."

„Mechanik und Bewegungslehre", antwortete der Junge. „In der letzten Physikstunde hatten wir die gleichmäßig beschleunigte Bewegung."

„Und auch schon den freien Fall?", hakte ich nach.

„Nein, noch nicht. Aber ich weiß, dass der ein Beispiel für die gleichmäßig beschleunigte Bewegung ist."

„Sehr gut!", lobte ich. Er strahlte.

„Dann machen wir da gleich weiter", fuhr ich fort. „Schlagt bitte euer Buch auf: Seite 194."

Allgemeines Rascheln.

„Kann mir nochmal jemand den Unterschied zwischen gleichförmiger und gleichmäßig beschleunigte Bewegung erklären?", fragte ich in das abnehmende Rascheln.

Ein Junge mit dunkelblonden Locken meldete sich.

„Hendrik!"

„Bei der gleichförmigen Bewegung bleibt die Geschwindigkeit immer gleich, bei der gleichmäßig beschleunigten Bewegung erhöht sich die Geschwindigkeit mit einer konstanten Rate."

„Alles richtig." Besser hätte auch ich es nicht erklären können. „Und nun kommen wir zum freien Fall. Wie Peter uns eben schon gesagt hat, ist der freie Fall ein Beispiel für die gleichmäßig beschleunigte Bewegung." Ich schaute anerkennend in seine Richtung. „Warum ist das so? Kann das jemand näher erklären?"

Peter, Hendrik und ein schwarzgelockter, stämmiger Junge namens Joshua meldeten sich.

„Nur die Drei?", fragte ich und bemühte mich, möglichst erstaunt zu wirken. Aber die Frage war schon recht anspruchsvoll.

„Hat sonst niemand eine Idee?" In den hinteren Reihen wurde es unruhig. Ein paar Mädchen tuschelten. Mir wurde klar, dass ich die ganze Klasse mit einbeziehen musste. Nicht alle interessierten sich für Physik.

„Ann-Katrin, Du vielleicht?"

„Was war nochmal Ihre Frage?"

„Warum ist der freie Fall ein Beispiel für die gleichmäßig beschleunigte Bewegung?"

„Weiss ich nicht", sagte sie kurz und wandte sich wieder ihren Freundinnen zu. Da gab es wohl doch eine pädagogische Herausforderung.

„Ann-Katrin!", sagte ich mit fester Stimme. „Ich möchte, dass Du am Unterricht teilnimmst. Wenn Du nichts beitragen kannst, hör' wenigstens richtig zu." Und nach einer kurzen Pause: „Das gilt natürlich für alle."

Alle schauten wieder nach vorne. Gut gemacht.

„Also: Joshua." Drei Finger gingen wieder nach unten.

„Beim freien Fall wird ein Gegenstand durch die Schwerkraft in Richtung Erdmittelpunkt beschleunigt." Er holte tief Luft. „Weil die Schwerkraft eine konstante Kraft ist, ist die Beschleunigung auch konstant."

„Einwandfrei." Ich war wirklich beeindruckt – er hatte druckreif gesprochen. Wie ein kleiner Professor. Ich schaute auf die Uhr an der gegenüberliegenden Wand. Noch zwei Minuten. „Als Hausaufgabe lest Ihr euch das Kapitel über den freien Fall durch und macht Aufgabe vier!" Ich notierte die erforderlichen Eintragungen ins Klassenbuch, während es zu klingeln anfing. Kleine Pause.

„Tschüs, bis zum nächsten Mal", rief ich in die Klasse.

„Tschüs, Herr Grünwald!", riefen mehrere durcheinander.

„Machen wir nächste Stunde einen Versuch?", wollte Hendrik noch wissen.

„Ja. Da haben wir im Physikraum. Also bis dann!"

Beschwingt verließ ich den Klassenraum. Diese erste Stunde hatte mir Mut gemacht. Jetzt hatte ich eine Stunde frei. Ich ging ins Lehrerzimmer.

In der 10a waren Halbleiter dran. Der Unterricht fand im Physikraum statt. Ich führte ein Experiment über die Temperaturabhängigkeit der Leitfähigkeit von verschiedenen Metallen vor. Kira saß in der zweiten Reihe. In ihrem tief ausgeschnittenen lila Pullover sah sie umwerfend aus. Ich bemühte mich redlich, sie nicht die ganze Zeit anzuschauen. Es gelang mir nur halbwegs. Kira dagegen schaute mich freundlich, aber auch etwas herausfordernd an.

Nach dem Unterricht kam sie nach vorne. „Herr Dr. Grünwald, kann ich kurz mit Ihnen sprechen?"

„Selbstverständlich", sagte ich beim Zusammenpacken meiner Sachen.

Wir warteten, bis wir allein waren.

„Mögen Sie mich eigentlich?", fragte sie endlich.

Was für eine Frage! „Selbstverständlich mag ich dich. Genau wie alle and..."

Sie kam einen Schritt auf mich zu. Unsere Gesichter berührten sich fast. Ich spürte ihren Atem. Er kam stoßweise, sie war aufgeregt.

„Das ist aber schön. Ich mag Sie nämlich auch."

„Kira", presste ich hervor. „Ich glaube, das ist ein Missverständnis."

Sie küsste mir flüchtig auf die Wange. „Was gibt es da misszuverstehen?" Dann etwa ängstlich: „Gefalle ich Ihnen nicht?"

Jetzt musste ich mich wirklich zusammenreißen. „Doch, du gefällst mir. Du bist sogar sehr schön. Aber ein Lehrer darf doch nichts mit einer Schülerin haben."

„Ach, *das* meinen Sie. Ich bin achtzehn. Kein Problem." Sie lächelte zuckersüß. „Ich komme auch gerne zu Ihnen nach Hause."

„Trotzdem sollten wir beide kein Verhältnis haben. Es wäre ungerecht gegenüber den anderen. Verstehst du? Ich muss alle gleich behandeln."

Sie merkte wohl, dass es vergebens war. „Ich bin schon zweimal sitzen geblieben und in Physik stehe ich auf der Kippe..."

„Aber Kira! Wenn es knapp wird, lasse ich dich ein Referat halten. Du bekommst schon keine Fünf."

„Und Sie sagen mir rechtzeitig Bescheid?"

„Versprochen."

Sie schlang ihre Arme um meinen Hals. „Dankeschön!"

Ich umfasste ihre Hüften und streichelte sanft ihren Rücken. „Aber danke für dein Angebot. Ich fühle mich echt geschmeichelt."

„Glauben Sie bitte nicht, dass es mir nur um die Noten ging." Sie war jetzt wieder ganz dicht vor meinem Gesicht. Unsere Lippen berührten sich fast. Ich hätte sie einfach küssen können...

„Das glaube ich doch gar nicht", sagte ich sanft. Ich wollte das überhaupt nicht glauben. Wir umarmten uns noch einmal ganz fest und gingen dann gemeinsam aus dem Physiksaal. Die kleine Pause war gerade zu Ende. „Tschüs, Herr Grünwald", sagte sie kess.

„Tschüss Kira, bis bald", erwiderte ich. Wir gingen in entgegengesetzte Richtungen.

Ich hätte auch auf ihr süßes Angebot eingehen können, dachte ich kurz. Aber dann hatte mich die Vernunft wieder. Ich wollte den Job unbedingt behalten. Da durfte ich mir keinen Fehler erlauben – zumindest nicht so einen. *Wenn das rauskommt, wäre ich das Gespött der ganzen Schule und die Verbeamtung könnte ich gleich wieder vergessen*, rief ich mich innerlich zur Ordnung.

Nachdenklich ging ich zum Lehrerzimmer, um meinen Mantel zu holen. Heute hatte ich keinen Unterricht mehr. Wie schnell sich das Leben doch manchmal ändern konnte. Noch gestern hätte ich mir nicht träumen lassen, dass ich so einem wunderbaren Geschöpf jemals einen Korb geben würde.

Mit meinem Mantel verließ ich das Lehrerzimmer, nachdem ich mich einer Kollegin vorgestellt hatte, die am Morgen noch nicht da gewesen war. Jetzt hatte ich viel Zeit, um den Unterricht für den nächsten Tag vorzubereiten.

Auf (un)sicheren Wegen

Ich trat aus dem Schultor auf den Fußweg und wandte mich in Richtung Straßenbahnhaltestelle. Hinter mir erscholl heftiges Klingeln. Ein Mountain-Biker konnte gerade noch ausweichen. „Pass doch auf, du Idiot!", brüllte er mich an.

„Hier ist ein Fußweg, Freundchen. Außerdem verbitte ich mir diesen Ton", sagte ich mit schneidender Stimme. Dabei hob ich mahnend den Zeigefinger. Ganz der Lehrer.

„Willst du Schläge, du Penner?" Der junge Mann hatte sich halb zu mir umgewandt und blickte mich aus seinem unrasierten Gesicht herausfordernd an. Eine ungepflegte Erscheinung. 'Wer ist hier der Penner?', dachte ich.

„Willst du mir drohen? Ich hole gleich die Polizei." Wir waren beim Du.

„Ach fick' dich doch!" Er wandte sich um und wollte weiterfahren.

Jetzt reichte es.

Mit tänzelnden Schritten setzte ich dem langsam anfahrenden Radfahrer nach und trat mit voller Wucht gegen das Hinterrad.

„Sind Sie total bescheuert, Mann?" Er siezte mich wieder, immerhin. Um ihn in Schach zu halten, hielt ich mein Pfefferspray genau vor sein Gesicht. Es war das windstabile mit dem ballistischen Strahl.

„Wenn ich dir noch einmal begegne, mache ich ernst", sagte ich mit metallischer Stimme. Und dann brüllte ich: „Verpiss dich, du Arschloch!"

„Mann, du hast echt ein Rad ab." Er trollte sich.

Mit dem entsicherten Pfefferspray stand ich vor dem Schultor. Der Atem ging keuchend und schwer. Mein Herz pochte bis zum Hals. Langsam beruhigte ich mich wieder. Da war sie wieder, diese Wut.

Ich fühlte mich als Sieger. Sollte ich nun stolz sein? Ich war es nicht. Vorsichtig blickte ich mich um. War ein Kollege in der Nähe? Oder ein Schüler? Erleichtert stellte ich fest, dass der Schulhof leer war.

Dieser Tag war so schön gewesen – bis jetzt. Ich fühlte mich sicher, souverän und allen Herausforderungen gewachsen – bis vor ein paar Minuten. Nun hatte diese lähmende Wut alles weggefegt. Wie ein Feuersturm. Ich war nicht nur wütend auf diesen Rüpel, der offensichtlich sein eigenes Schulversagen kompensieren musste. Ich war auch wütend auf mich selbst.

Und was noch schlimmer war: Diese Wut ließ nur oberflächlich nach. In Wahrheit wurde sie nicht schwächer. Sie fraß sich immer tiefer in meine Seele. Ich war machtlos dagegen.

Ich wankte in Richtung Straßenbahn. Meine Beine zitterten.

Beim Essen redete ich nie besonders viel. Aber dieses Mal war ich besonders einsilbig. „Gibt es Probleme in der Schule?", fragte meine Mutter besorgt.

„Nein, passt schon. War nur anstrengend", log ich. Ich konnte oder wollte nicht reden. Auch mein Vater hatte seine Stirn in tiefe Falten gelegt. Und dabei war das doch ein Freudentag – oder sollte es zumindest sein.

Bevor ich mich an den Schreibtisch setzte, atmete ich einige Male tief durch – die Hände in die Seiten gestemmt. Ich konnte es mir nicht leisten, einfach wütend zu sein. Ich hatte nun eine Aufgabe. Für morgen waren sechs Stunden vorzubereiten. Ich musste funktionieren. Dazu gab es keine Alternative. Die Arbeit würde mich auf andere Gedanken bringen, so hoffte ich.

Also schluckte ich meinen Ärger herunter und begann mit der Vorbereitung.

Weihnachtsfeier

„Eine Weihnachtsfeier ist eine gute Gelegenheit, Ihren Kollegen näher zu kommen und persönliche Beziehungen zu knüpfen beziehungsweise zu intensivieren. Nutzen Sie diese Chance!" Das hatte mir Frau Schnuke bei der letzten Therapie-Sitzung mit auf den Weg gegeben. Das Erlebnis mit dem Radfahrer hatten wir nur kurz gestreift. Ich zeigte mich einsichtig, dass meine Reaktion suboptimal gewesen war. Das stimmte sie milde. Sie war nun wohl zu der Überzeugung gekommen, mich guten Gewissens auf die Menschheit loslassen zu können. Die Verhaltenstherapie war nach zwei Jahren beendet.

Die Weihnachtsfeier des Lehrerkollegiums fand vier Tage vor Heiligabend in der Aula der Konrad-Adenauer-Schule statt. Beginn war sechzehn Uhr, Ende offen. Seit zwei Tagen waren Ferien und die Schule lag verlassen da, als ich um halb vier das Gelände betrat. Sonst waren immer ein paar Schüler da. Nachmittags gab es Arbeitsgemeinschaften und Sportkurse.

Ich brauchte einige Minuten, um die Aula zu finden. Das gab mir Gelegenheit, das weitläufige Gelände näher zu erkunden. Es war kalt, aber es gab keinen Frost. Der Winter begann immer später. Mit weißen Weihnachten würde es wohl nichts werden.

Um zwanzig vor vier betrat ich die Aula. Ein Catering-Service war mit den letzten Vorbereitungen beschäftigt. Dafür waren die fünfzehn Euro bestimmt gewesen, die jeder Teilnehmer an der Feier bezahlt hatte. Die Bediensteten begrüßten mich zuvorkommend und ich grüßte mit angemessener Distanziertheit zurück. Ich war offensichtlich das erste Mitglied des Lehrerkollegiums, das sich hier einfand. Die Tische waren als Kaffeetafel eingedeckt und große Mengen an Kuchen und Gebäck waren aufgefahren. Im Moment wurde Kaffee aufgebrüht und Tee gekocht. Gleich würde es losgehen. In einem Nebenraum, dessen Tür offen war, stand das Buffet bereit. Das war für den Abend. Außerdem waren zahlreiche Kartons mit Weinflaschen zu sehen. Sogar an eine Zapfanlage hatte man gedacht. Es versprach eine echte Schlemmerei zu werden. Ich freute mich wie ein kleines Kind vor der Bescherung.

Die Vorfreude wurde nur dadurch getrübt, dass meine innere Stimme wieder mahnend den Zeigefinger erhob. Ich war nicht auf einer privaten Feier wie bei meiner Tante, die zu jedem runden Geburtstag eine große Sause zu veranstalten pflegte. Hier ging es um Beziehungspflege oder um *Networking*, wie man auf Neudeutsch sagte. Oh, wie hasste ich diese überflüssigen Anglizismen!

Daher musste ich mich mit dem Alkohol unbedingt zurückhalten; schon gar nicht durfte ich alles durcheinander trinken. Ich redete viel, wenn ich erstmal einen im Tee hatte. Das war durchaus von Vorteil, weil ich meine angeborene Schüchternheit dadurch etwas ablegte. Alkohol war nicht umsonst Gesellschaftsdroge Nummer eins. Von Nachteil war jedoch, dass ich auch mehr und mehr die Kontrolle über den Inhalt meiner Rede verlor. Dieser Punkt bereitete mir Sorge. Eine falsche Äußerung konnte das Aus bedeuten. Ich beschloss, mich aus politischen Diskussionen raus zu halten – zumindest nachdem der feuchtfröhliche Teil begonnen hatte. In meiner Stammkneipe hätte ich einmal fast eine Schlägerei angezettelt. Das war mir eine Lehre gewesen.

„Hallo Anton!", sagte eine vertraute Stimme hinter mir. Es war Carl, Referendar für Deutsch und Religion. Er war seit über einem Jahr an der Schule und damit im Vergleich zu mir schon ein 'alter Hase'. Wir hatten uns auf Anhieb gut verstanden und waren schnell zum 'Du' übergegangen.

„Hallo Carl!", erwiderte ich und wir gaben uns die Hand. Ich wollte das Gespräch fortsetzen, wusste aber nicht, mit welchem Thema. Er half mir.

„Hast du dich inzwischen gut eingelebt?"

„Oh ja", sagte ich jovial. „Die Kollegen sind wirklich nett und mit den Schülern klappt es auch ganz gut." Ich überlegte kurz. „Mit den meisten", schränkte ich ein.

„Und mit den anderen?"

„Die achten und neunten Klassen sind etwas unruhig. Mit den siebten und zehnten komme ich wesentlich besser zurecht. Ich habe eben nicht diese pädagogische Ausbildung."

Carl nickte. „Du bist Quereinsteiger. Das macht die Sache nicht einfacher. Aber tröste dich! Mit den achten und neunten Klassen haben auch erfahrene Kollegen ihre liebe Not. Die sind voll in der Pubertät und da wird alles umgestellt mit den Hormonen und so weiter. Du als Biologe kennst das ja." Er zwinkerte mir verschwörerisch zu.

„Im Nervensystem wird auch alles umgestellt", ergänzte ich. „Das ist eine Metamorphose, wie bei Insekten. Die Raupe verpuppt sich und später schlüpft ein erwachsenes Insekt."

Er hatte aufmerksam zugehört. „Ein interessanter Gedanke! Nur dass bei unseren Schülern die Verpuppung nicht ganz so ruhig abläuft." Er lachte. Ich stimmte ein.

Inzwischen hatte sich die Aula gefüllt. Die Kollegen um uns herum unterhielten sich angeregt und begrüßten nun auch uns. Sie hatten wohl unser Gespräch nicht stören wollen. Ich begrüßte einige mit Handschlag und nickte den anderen freundlich zu. Jetzt galt es Sympathiepunkte zu sammeln. Volle Aufmerksamkeit!

Der Geräuschpegel wurde immer höher und die ersten setzten sich an die Tische. Das war das Signal für den Rest. Ich setzte mich neben Carl. Mit dem verstand ich mich gut.

„Liebe Kolleginnen und Kollegen!" Das war die Stimme von Herrn Weichholz. Er hatte sich erhoben, um eine Begrüßungsansprache zu halten. Mir fiel ein, dass ich ihn gar nicht begrüßt hatte. Der erste Lapsus. Verdammt noch mal!

„Ich darf Sie alle zu unserer diesjährigen Weihnachtsfeier begrüßen und freue mich, dass Sie so zahlreich erschienen sind. Ich hoffe, dass wir in dieser besinnlichen vorweihnachtlichen Zeit ein paar schöne Stunden miteinander verbringen werden und die Hektik der vergangenen Tage hinter uns lassen. Die Kaffeetafel ist hiermit eröffnet."

Wie auf Kommando schwärmten die Serviererinnen aus und fragten jeden, ob er Kaffee oder Tee trinken wolle. Ich nahm entgegen meiner Gewohnheit Kaffee.

„Du trinkst Kaffee?", fragte Carl von der Seite. „Du bist doch so ein großer Teekenner."

„Wenn ich woanders bin, trinke ich lieber Kaffee", sagte ich geschmeichelt. „Und zu diesem süßen Gebäck", ich blickte auf den Marzipan-Stollen, „passt Kaffee einfach besser, finde ich."

„Du musst ja auch nicht auf deine schlanke Linie achten." Er knuffte mir leicht in die Seite. Wir verstanden uns prächtig.

Ich nahm mir ein Stück Marzipan-Stollen.

Mir gegenüber saß Frau Ahrens, Klassenlehrerin der 7c. Sie unterrichtete Deutsch und Mathematik. Ich hatte wohl gelächelt und sie lächelte zurück.

„Gefällt es Ihnen bei uns, Herr Grünwald?" eröffnete sie das Gespräch.

„Sehr sogar, Frau Ahrens. Mit der 7c verstehe ich mich hervorragend."

„Die Kinder mögen Sie auch. Besonders Hendrik ist ganz begeistert von Ihnen."

„Ein toller Junge!", sagte ich begeistert. Ich muss ihn immer bremsen, damit die anderen auch mal etwas sagen können.

„Bei mir ist er auch so", beeilte sie sich zu sagen. „In Mathe eine Eins und in Deutsch, na ja, eine Zwei. Mit manchen Schülern macht es einfach nur Spaß, Lehrer zu sein. Nicht wahr?"

„Aber um die anderen müssen wir uns auch kümmern", sagte ich etwas zu forsch. Ich wollte den verantwortungsvollen Pädagogen geben, der um alle seine Schäfchen gleichermaßen besorgt ist. Wahrscheinlich wurde ich gerade auf mein Sozialverhalten hin abgeklopft. Jedes Wort zählte.

„Wie recht Sie haben. Wir müssen alle Schüler mitnehmen, auch die schwächeren."

„Für mich als Anfänger ist das natürlich nicht immer einfach. Die Klassen sind sehr groß", kam ich ihr etwas entgegen. Ich vermied das Wort 'Quereinsteiger'. Sie sollte mich als vollwertigen Kollegen ernst nehmen.

„Wie wahr!", bestätigte sie mich. Besonders in den hinteren Reihen wird es schnell unruhig, wenn nicht alle folgen können. „Darf ich Ihnen einen Rat geben?"

„Aber gerne, Frau Kollegin."

„Machen Sie ruhig mal Schülerversuche. In Ihren Fächern bietet sich das wirklich an. Natürlich weiß ich, dass das gerade in Chemie viel Arbeit macht und man muss auch noch alle dabei im Auge behalten." Sie verdrehte die Augen, als wenn sie diese Situation gerade persönlich durchleben würde. „Aber alle Kollegen haben damit gute Erfahrungen gemacht. Die Kinder sind beschäftigt und jeder wird einbezogen." Sie schob sich einen Bissen Schwarzwälder Kirschtorte in den Mund.

Jetzt war es an mir, etwas Intelligentes zu antworten. Den indirekten Vorwurf, dass ich die Schüler im Unterricht nicht selber experimentieren ließe, hatte ich zur Kenntnis genommen. Ich hatte den Aufwand gescheut. Viel schlimmer war aber die Angst, dass ein Unfall passieren könnte. Ich trank einen Schluck Kaffee.

„Das ist ein guter Vorschlag", begann ich und knetete mit Daumen und Zeigefinger mein Kinn. Das Stück Marzipanstollen lag noch zu zwei Dritteln auf meinem Teller. „Aber ich habe etwas Angst, dass mir die Situation entgleitet. Bis jetzt habe ich nur einmal in Physik einen Schülerversuch gemacht. In der 9b; es war das reinste Chaos."

„Natürlich muss man das auch einüben, Herr Kollege. Und je früher man damit anfängt, desto besser." Dann setzte sie sich nochmal für ihre Klasse ein: „Meine Schüler respektieren Sie wirklich und wenn Sie ihnen etwas mehr Vertrauen schenken, bekommen Sie es tausendfach zurück."

„Ich denke, dass ich Ihren Rat beherzigen werde", sagte ich verbindlich. „Das ist ja auch die beste Methode, um Begeisterung für die Naturwissenschaften zu wecken."

Das Kaffeetrinken neigte sich dem Ende zu und die Ersten hatten ihr Besteck auf die Teller gelegt oder waren bereits aufgestanden. Ich nutzte die Gelegenheit, mir die Beine zu vertreten und zur Toilette zu gehen. Langes Sitzen machte mich unruhig.

Ich nickte Frau Ahrens freundlich zu und erhob mich. Durch ihre goldumrandeten Brillengläser warf sie mir einen schelmischen Blick zu. Hier hatte die Sympathiewerbung funktioniert.

Auf dem Weg zur Toilette beobachtete ich die Kolleginnen und Kollegen. Manche standen in kleinen Gruppen und unterhielten sich. Andere gingen umher und schienen nachzudenken – eine Art Gehmeditation. Wenige gingen nach draußen um frische Luft zu schnappen. *If you are in Rome, do like the Romans do!*, dachte ich bei mir. Anpassung war manchmal die beste Methode, um akzeptiert zu werden.

Mein Blick fiel auf einen Junglehrer, der aussah als wäre er direkt aus einem Obdachlosen-Asyl gekommen. Seine Hose war zerknittert und der Schlabberpullover hatte gelbe Flecken. Nicht mal rasiert war er. Wie konnte man so zu einer Weihnachtsfeier gehen? Er hatte meinen missbilligenden Blick wohl bemerkt, denn er sah mich finster an. Zum Ausgleich grüßte ich ihn mit einem kurzen Kopfnicken. Bloß nicht zuviel. An seiner Bekanntschaft war mir nicht gelegen. Seine Züge entspannten sich. Ich kontrollierte des Sitz meines Saccos und ging weiter. Wer sein Äußeres verkommen ließ, war mir immer suspekt. Wie mochte es im Inneren eines solchen Menschen aussehen? Ich erschauderte bei dem Gedanken.

Die meisten Lehrkräfte waren so gekleidet wie im täglichen Schuldienst. Herr Weichholz trug wie immer Anzug. Ich trug zu dem gelb-schwarz karierten Sacco ein weinrotes Hemd, schwarze Jeans und schwarze Stiefel. Damit fühlte ich mich absolut passend angezogen und lag tatsächlich im oberen Mittelfeld.

Ich musste kurz warten, bis in der Toilette ein Platz frei wurde. Dann kam ich neben Herrn Beerbaum zu stehen, dem Mann mit der Barbourjacke. Er war tatsächlich Oberstudienrat – für Latein, Geschichte und Philosophie. Ein Gymnasial-Pauker von echtem Schrot und Korn. Heute trug er seinen Kamelhaar-Pulli und eine dunkelgrüne Cordhose. Wir hatten schon so manches Gespräch gehabt und ich wollte den Abend nutzen, um unsere Bekanntschaft zu vertiefen. Besonders weil er mit dem Herrn Direktor per Du war, konnte er mir noch von Nutzen sein. Ich nahm die besondere Herausforderung an, in dieser prekären Toiletten-Situation ein Gespräch zu eröffnen. Man durfte keine Chance ungenutzt lassen.

„Herr Beerbaum!", sagte ich. „Wir haben uns noch gar nicht begrüßt. Einen guten Abend wünsche ich." Auf den Handschlag musste ich situationsbedingt verzichten.

Er blickte kurz zu mir hinüber, während er den letzten Tropfen abstreifte. „Auch Ihnen einen schönen Abend! Ich hoffe, Sie amüsieren sich gut." Er verstaute sein Gemächt und betätigte die Spülung.

„Man sieht sich", rief ich ihm hinterher. Herrengespräche am *Pissoir* waren hier offensichtlich verpönt. Wieder hatte ich etwas gelernt.

Ich beendete mein kleines Geschäft und konnte mich neuen Aufgaben zuwenden. Hinter mir hatte sich eine Schlange gebildet.

Im Festsaal und im Vorraum waren schon die ersten Kollegen mit einem Bierglas in der Hand zu sehen. Es war viertel vor sechs. Warum sollte ich nicht auch ein Bierchen trinken? Das würde mich lockerer machen. Durch die Gespräche beim Kaffee war ich angespannt. Vorher ging ich ein paar Minuten an die frische Luft. Meinen Mantel zog ich nicht über.

Draußen war es gefühlt knapp über null Grad. Ein kalter Wind wehte, aber das Wasser in den Pfützen war nicht gefroren. Ich umrundete ein Hochbeet und ging wieder hinein. Draußen war es zu ungemütlich. Nun war es aber Zeit für das erste Bier.

In der Aula war das Buffet bereits aufgebaut. Es gab die üblichen kalten Speisen wie Lachsbrötchen und hartgekochte Eier mit Kaviar. Für den etwas größeren Appetit stand ein Koch hinter einer Anrichte mit Gänseteilen, Klößen, Rotkohl und weiteren Köstlichkeiten. Auch die Dekoration war sehr weihnachtlich; überall Kerzen und Tannenzweige. Ich ging zu der Zapfanlage und bekam ein Bier. Die Angestellten entfernten letzte Plastikfolien von den Platten.

„Meine Damen und Herren", ließ sich die Stimme des Direktors wieder vernehmen. „Das Buffet ist eröffnet."

Ich beschloss, erstmal gemütlich mein Bier zu auszutrinken. Zum Essen würde ich Wein trinken. Außerdem wollte ich nicht der erste sein, der sich über das Buffet hermacht.

Die Sitzordnung vom Kaffeetrinken hatte sich aufgelöst. Neben wen sollte ich mich nun setzen?

Vielleicht zu Herrn Beerbaum? Ich trank den letzten Schluck Bier und stellte das Glas beiläufig auf einen leeren Tisch. Mit einem Teller ausgestattet reihte ich mich in die Schlange ein.

Das Ende

Manchmal tut man Dinge ganz automatisch.

Es war halb zwölf, als ich aufbrach und es war Vollmond. Ich wollte die letzte Straßenbahn erwischen. Mit dem hochgeschlagenen Mantelkragen und dem schwarzen Hut hätte ich einem Kriminalroman entstiegen sein können. Entgegen meinen Vorsätzen hatte ich doch viel getrunken: Rot- und Weißwein, Bier und zum Abschluss ein paar Kräuterlikör. Zu Fisch passte nun einmal ein leichter Weißwein und die Gänsekeule konnte man nur in Verbindung mit einem Pfälzer Landwein so richtig genießen. Ich war ein Gourmet und das durften die geschätzten Kollegen auch wissen. Peinliche Ausfälle hatte es trotz des Alkoholkonsums nicht gegeben. Jedenfalls hatte ich nichts gemerkt.

Ich war rechtzeitig losgegangen und kam etwa fünf Minuten vor Abfahrt an der Haltestelle an. Mit einem Blick auf den Fahrplan vergewisserte ich mich nochmals, dass alles seine Richtigkeit hatte. Die Bahn kam pünktlich.

Im Anhänger saß eine Gruppe Jugendliche und im vorderen Wagen vereinzelte Erwachsene. Ich entschied mich für den Anhänger. Drinnen war es viel zu warm. Ich öffnete meinen Mantel und setzte mich so hin, dass ich die zwei Mädchen und den Jungen beobachten konnte, ohne dass es zu aufdringlich erschien. Drei Reihen hinter der kleinen Gruppe nahm ich Platz.

Ein Mädchen erinnerte mich an Freya, es war genau der gleiche Typ. Das andere war blond und eher unscheinbar. Sie hatten sich den Jungen als Opfer für ihre Neckereien ausgesucht. Er hielt sich aber tapfer. Ich fühlte eine männliche Solidarität mit ihm. 'Lass dich nicht unterkriegen, mein Junge', hätte ich am liebsten gesagt. Ich mochte junge Leute und beglückwünschte mich innerlich für meine späte Hinwendung zum Lehrerberuf. Nun ging es aufwärts mit meinem Leben. Darauf hatte ich lange genug gewartet.

Der Zug hielt an der nächsten Haltestelle. Die Tür vor mir öffnete sich und ich sah aus den Augenwinkeln einen dunklen Trenchcoat. Darüber war etwas helles, fast weißes. Ich wendete meinen Blick und sah den Fremden von schräg vorne. Ein kalter Schauder durchfuhr mich. Dann fing ich an zu zittern. Der Mann setzte sich. Hatte er mich erkannt? Ahnte er irgend etwas?

Es war der Glatzenmann.

Ich tastete nach meinem Handy. Jetzt durfte ich nicht die Nerven verlieren. 'Wenn ich auf diesem Platz telefoniere, wird er wahrscheinlich Verdacht schöpfen', überlegte ich. Mehrere Minuten vergingen – wertvolle Zeit. Endlich entschied ich, hier zu telefonieren. Die Jugendlichen vor mir sorgten für Ablenkung. Da hielt der Zug. Haltestelle Stadtpark.

Der Mann erhob sich und blickte kurz zu mir. Dann stieg er aus. Mit dem aufgeklappten Handy saß ich verdattert da. Es half alles nichts. Ich musste hinterher.

Als ich auf den Gehsteig trat, war mir der andere schon mehrere Schritte voraus. Ich wollte ihm etwas Leine lassen und in sicherem Abstand folgen. Dann konnte ich in Ruhe mit der Polizei telefonieren. Mein Puls war wieder normal.

Gemessenen Schrittes ging ich ihm nach. Der Abstand wurde größer. Plötzlich drehte er sich um. „Was wollen Sie von mir?", rief er.

„Ich weiß nicht wovon Sie reden", erwiderte ich mit Unschuldsblick und schaute dann auf mein Handy. Ich begann zu wählen.

Ein Schlag traf meine linke Gesichtshälfte und mein Kopf wurde zur Seite geschleudert; es klatschte laut. Mit wehendem Mantel eilte er davon.

Das hätte er besser nicht getan.

Für eine Schrecksekunde blieb ich wie angewurzelt stehen. Dann setzten sich meine Füße in Bewegung. Es geschah ganz von selbst.

Ich wurde immer schneller. Ich lief. Ich rannte. Der Mond tauchte die Szenerie in ein gespenstisch fahles Licht.

Ich musste eine Biegung nehmen. Er hatte eine kleine Treppe erreicht, als ich zu ihm aufschloss. Ich nahm noch einmal Anlauf und sprang mit dem rechten Bein gerade ausgestreckt in seinen Rücken. Ein improvisierter Karate-Tritt.

Der Mann stürzte der Länge nach hin und schlug am unteren Ende der Treppe mit dem Gesicht auf das Kopfsteinpflaster. Er wollte aufstehen. Aber ich setzte nach und trat mit voller Wucht in sein Hinterteil, wodurch er mit der Stirn gegen einen Mülleimer schlug. Sein Gesicht war blutüberströmt, als er zu mir aufsah.

Nun musste ich es zu Ende bringen.

Wahllos trat ich gegen Kopf und Oberkörper. Zunächst waren meine Tritte zaghaft, suchend. Als wenn ich dieses für mich neue Instrument der Konfliktlösung erst einmal erproben müsse. Ich veränderte meine Position und verlagerte das Gleichgewicht. Auf diese Weise konnte ich immer mehr Kraft in die Tritte legen. Indem ich den Oberkörper gegenläufig bewegte, kam ich auch beim härtesten Zutreten nicht aus dem Gleichgewicht. Alle drei Tritte kam einer mit voller Wucht, in dem ich meine gesamte Wut heraustrat. In unregelmäßigen Abständen nahm ich Anlauf oder trat mit der Fußsohle von oben auf den Kopf.

Meine Tritte wurden immer härter. Gleich einer Maschine, die langsam zu voller Leistung hochgefahren wurde. Ich konnte nicht mehr aufhören. Wie ein Hammer krachte mein Stiefel gegen den Kopf des am Boden Liegenden. Es wurde immer weicher, da wohin ich trat. Auf dem Boden hatte sich eine zähflüssige, klebrige Pfütze gebildet.

Ich hörte einen Schrei, der weder von einem Menschen noch von einem Tier zu kommen schien. War es ein Werwolf? Oder ein Wahnsinniger? Suchend blickte ich um mich: War da wer? Mit Grausen wurde es mir klar:

Der Schrei kam von mir.